슬기로운
시골생활

슬기로운
시골 생활

차남호 지음

사우

차례

멋진 시골살이의 보기 드문 모델

시골에서 산다는 것. 산수 간에 집을 짓고 자연 속에서 자기를 실현하는 생태적 삶! 생각만 해도 가슴이 한껏 부풀어 오른다. 왜 아니 그렇겠나. 서울 살다가 귀농한 지 10년을 넘긴 사람으로서 나는 이 설렘에 백 번 공감한다. 물론 상상한 대로 마냥 즐겁고 행복한 나날이 이어지는 건 아니지만 지금 여기의 삶이 퍽 만족스럽기 때문이다. 이런 삶을 살아보지 못하고 눈을 감았다면 얼마나 억울했을까 싶다. 시골살이는 그만큼 행복 가까이에 있다고 믿는다.

첨단 재배기술, 고부가가치 영농, 가공-유통 융합, 브랜드 마케팅 같은 귀농 전략을 얘기하려는 게 아니다. 우여곡절과 시행착오를 거쳐 마침내 고소득과 물질적 풍요를 이룩하는 성공신화를 쓰려는 게 아니다. 행복한 시골살이란 오히려 그런 성공 전략보다는 '함께하는 관계' 속에서 이루어지는 것이라고 말하려 한다. 나는 이 책에서 더불어 사는 시골 공동체로서 '벼 농사두레'의 펄떡이는 나날을 보여주려 한다.

여유로운
시골 생활이라는 로망

　도시살이가 갈수록 팍팍해지면서 시골을 무대로 '인생 제2막'을 펼쳐보려는 이들이 꾸준히 늘고 있다. 누구나 한 번쯤은 숨 막히는 콘크리트 숲을 벗어나 아름다운 자연, 맑은 공기 속에서 여유롭게 사는 삶을 떠올려 보았을 것이다. 어느 순간 그것이 로망으로 바뀌면 한껏 상상의 나래를 펴게 된다. 강변이나 호숫가 또는 산자락에 그림 같은 집을 짓고, 손수 텃밭을 일궈 깨끗한 먹거리를 키우면서, 밥벌이에 치여 엄두도 못 내던 독서나 취미생활, 예술 활동을 맘껏 즐기는 삶.

　바로 그거다 싶어지면 본격적으로 꼼꼼히 따져볼 것이다. 그때부터 이상세계는 가뭇없이 사라지고 현실의 숱한 난제가 밀려들 것이다. 무엇보다 먹고사는 일부터 만만치가 않다. 농사를 지어서 생계를 꾸릴 수 있을까? 안 해본 농사를 해낼 수는 있을까? 농지는 어떻게 구하지? 아무래도 농사는 무리일 것 같고, 그럼 뭘 해 먹고살지? 재능과 전문성을 살릴 수 있는 일자리는 구할 수 있을까?

쉬운 일은 아니지만 간절히 바라고 나름대로 여건을 갖춘다면 삶터를 옮길 수 있다. 농사를 주업으로 삼는 경우를 귀농, 농사가 아닌 일을 하거나 주거만 옮기는 경우를 귀촌이라 부르는 게 보통이다. 귀농이되었든 귀촌이 되었든 맘에 드는 삶터를 찾고 형편에 맞는 밥벌이를 구하는 일은 쉽지 않다. 그것만으로도 몹시 벅찬 게 현실이다.

농사를 지을 것인가, 다른 일을 찾을 것인가, 아니면 반농반X? 농사만 해도 그리 간단치가 않다. 전통적인 주곡–노지재배부터 시설채소, 원예, 특용작물, 축산까지 선택지가 많다. 복합영농을 생각한다면 그 조합 또한 고려할 게 여럿이다. 비농업 분야도 어렵긴 마찬가지. 무엇보다 일자리를 찾기가 쉽지 않을뿐더러 괜찮은 일자리를 잡기도 어렵다. 인구유치와 청년층 영입을 위한 지자체의 고용창출도 한계가 많다. 대부분 고용 기간이 짧을뿐더러 최저임금 수준을 벗어나지 못하는 실정이다.

형편이 이렇다 보니 얼마 전부터 '반농반X'의 삶이 눈길을 끌고 있다. 자연 속에서 자급자족하며 좋아하는 일을 하는 시골살이 유형이라 하겠다. 참 바람직하고 공감이 가는 삶이다. 요컨대 가진 시간과 여력을 절반쯤만 들여 농사를 짓고, 나머지 시간은 하고 싶거나 해야 할 일(x)을 하며 사는 것이다. 이 경우 벌어들이는 소득이 적을 수밖에 없으니 소비생활은 꼭 필요한 수준으로 절제한다. 쉽지 않지만 앞선 이들의 경험을 거울삼아 조심스럽게 다가간다면 충분히 해볼 만하다. 문제는 팍팍한 농업환경에서 '반농'으로 얼마나 자급을 이룰 수 있을까 하는 점이다.

어쨌거나 호구지책을 찾기가 쉽지 않으니 이 문제에 거의 모든 에너지를 쏟아 붓게 된다. 그게 웬만큼 가닥이 잡히고 나면 괜찮은 주변환경과 자녀 양육 여건을 갖춘 보금자리를 마련해야 하는데 이 또한 그리 녹록지 않다. 어찌어찌해서 이 모두를 갖췄다 치자. 이제 행복을 누릴 일만 남게 되는 것일까?

시골에서 더 중요한
관계의 기술

굳이 '인간은 사회적 동물'이라는 명제를 들먹이지 않더라도 시골 또한 혼자서만, 식구끼리만 살

수 있는 곳이 아니다. 도를 닦으러 또는 '은둔'을 목적으로 내려왔다면 모를까 다른 사람과 동떨어져 살 수 없는 것이 인간의 본성이다. 아무튼 귀농·귀촌인은 처음 만나는 이들과 새로운 관계를 맺게 되는데, 결코 사소한 문제가 아니다.

이웃과 담쌓고 지내도 불편하지 않거나 외려 마음이 편한 아파트 생활을 떠올려선 곤란하다. 시골에서 살다보면 어쨌거나 마주칠 수밖에 없고, 당장은 아니더라도 언제 어떤 이해관계로 얽힐지 모른다. 더욱이 먼저 자리 잡고 사는 주민들은 대부분 노년층이고 '세대 차'를 뛰어넘기가 어렵다. 나아가 시골 생활과 도시 생활의 차이에서 비롯되는 문화적 이질감도 크다. 이런 차이가 전혀 뜻밖의 갈등을 불러일으킬 수 있다. 물정 모르는 '굴러온 돌'이 오랜 질서를 깨뜨린다는 불만과, 하잘것없는 이들이 나이와 기득권을 내세워 '텃세'를 부린다는 울상이 부딪힌다.

모범답안이 없는 게 아니다. 전통적 질서와 정서를 잘 파악해 적절히 대처하고 최대한 예의를 갖추는 것이 기본이다. 그러나 사람이란 천차만별이고 관계란 상대적인 것이어서 일이 생각대로만 돌아가지 않는다. 갈등이 극단으로 치달아 결국 다시 보따리를 싸 되돌아가는 경우도 더러 보았다. 그렇다고 무조건 납

작 엎드려 굽실거릴 필요는 없다. 원만하고 친밀한 관계를 맺어가되 차이를 극복하기 어려운 경우라면 냉정하게 거리를 둘 수밖에 없다. 좋은 사이란 어느 한쪽만의 책임이나 의무가 아니기 때문이다.

뜻이 맞는 사람들끼리 모여 공동체를 꾸리는 방법을 생각해 볼 수도 있다. 기본규범과 준수사항을 미리 정하고 이에 동의하는 이들로 공동의 주거지를 마련하는 식이다. 국내에서도 사례가 여럿 있고 언뜻 바람직해 보이는 경우라 하겠다. 그러나 준비과정이 복잡하고 이해관계 조정을 위한 소통에 적잖은 공을 들여야 하는 어려움이 있다. 무엇보다 관계를 오래도록 지속하기가 쉽지 않다. 환경이나 여건이 바뀌고 구성원의 처지나 생각이 달라지는 경우 분란이 일어나거나 관계가 파탄 나기 쉽다.

결국 시골살이는 누구와 어떤 관계를 맺느냐가 가장 중요하다. 그 점에서 앞으로 살펴볼 벼농사두레 사람들의 어우러짐에서는 무릎을 탁 치게 하는 그 무엇이 있다. 아! 이렇게 살 수도 있구나.

농사 공동체를 넘어선
그 무엇

고산권 벼농사두레('버두레'로 줄여 부르기도 한다)는 지난 2014년 12월 첫발을 뗀 시골 공동체다.[*] 그 이름에서 알 수 있듯 두레[**](협동작업)로 벼농사를 함께 짓는 사람들의 모임으로 2022년 현재 80여 명으로 구성돼 있다. 이 가운데 실제 벼농사를 짓는 회원은 30여 명이고 이들이 짓는 경작지(논)는 통틀어 2만 평 남짓. 나머지 50여 명은 손수 농사를 짓지는 않지만 유기농 벼농사의 가치와 두레정신에 공감해 일손을 거들며 함께 어울리는 이들이다. 경작자와 일반회원이 고정돼 있는 건 아니며 저마다 여건에 따라 경작을 그만두거나 새로 합류하기도 한다. 벼농사두레의 주요활동으로는 △벼농사 기술과 정보 교류 △품앗이와 협동작업 △농촌공동체 전통의 창조적 계승을 들 수 있다.

처음엔 아무런 체계도 갖추지 않은 채 활동하다가 지난 2018년 5월에야 회칙을 정하고 임원진(집행부)을

---

[*] 고산권이란 전라북도 완주군 고산면 중심의 완주 북부지역을 가리킨다.
[**] 두레란 농민들이 농번기에 공동으로 농사일을 하기 위해 마을 단위로 만든 조직 또는 함께 일하는 행위를 가리킨다.

뽑는 등 조직체계를 갖추었다. 회원들이 내는 1인 2만 원의 연회비, 경작 회원들의 출자금 10만 원과 경작 면적에 비례(마지기=200평당 1만 원)해 추가로 내는 연회비가 기본 재정이다. 지자체 등의 각종 지원을 받지 않는 게 불문율이다.

'공동체'라고는 하지만 '커뮤니티'보다는 '네트워크'에 가까운 느슨한 조직이다. 들어오겠다는 사람 막지 않고, 나가겠다는 사람 붙잡지 않는다. '각종 활동과 공동작업 등에 연 1회 이상 성실히 참여해야 한다'는 선언적 회칙규정 말고는 '자발적 참여'가 절대 원칙이다. 결정이나 지침을 강제하거나 조직을 관리할 여지도 없다. 그저 온라인 단체대화방(단톡방)을 통해 방향을 정하고 그 실천은 오직 회원 저마다의 의지에 맡긴다. 그럼에도 결정된 일이 틀어지는 경우는 거의 없다.

첫 모임 때 찍은 사진에는 여섯 명이 등장한다. 귀농(귀촌)하고 2~5년 된 이들이 모여 벼농사에 대해 공부를 해보자는 취지로 모였다. 농사 경력이 짧아 선배 농부의 자문을 받아왔는데 이를 학습으로 진전시켜보자며 모이게 되었다.

그런데 뜻밖에 일이 커졌다. 이 소식을 전해 들은 귀촌인들이 몰려든 것. 당장은 어렵지만 여건이 되면 벼농사를 지어보겠다는 이들이었다. 눈길을 끄는 것은 정작 농사짓는 회원보다 그렇지 않은 회원이 훨씬 더 많다는 사실이다. 이 점은 벼두레가 농사에만 국한된 조직이 아님을 드러낸다. 다시 말해 벼두레는 농사 조직을 넘어서는 그 무엇이라는 얘기다.

30여 명 경작자 중에도 농업인은 두 명뿐이고 나머지는 자영업을 하거나 직장을 다닌다. 두 농업인은 벼를 '환금작물'로 지어 판매하지만 다른 이들은 주곡(쌀) 자급이 목적이다. 시골에 살고 있으니 농사체험도 할 겸 틈틈이 내 먹을 쌀을 손수 짓겠다는, 사실상 여가활동(레저)인 셈이다. 논 한두 배미를 짓는 게 보통인데 면적으로는 각각 200~1000평 규모다. 이를 각자 알아서 짓는다는 건 불가능에 가깝다. 고작 한 배미 벼농사 짓겠다고 볍씨를 구해 소독하고, 모판을 사서 파종기계로 볍씨를 넣고, 따로 작은 못자리를 조성해서 익숙하지 않은 이앙기를 빌려 모내기를 한다고 생각해보라. 번거롭기 그지없고 실상 엄두를 내기 어렵다.

반면 벼두레의 경우 이 모든 공정이 회원들의 협동 작업으로 이루어진다. 일시에 품이 많이 드는 공정이나 꼭 필요한 경우 모여서 함께 일을 한다. 협동작업에서는 차량과 농기계, 농기구, 농자재도 벼두레 차원에서 공동으로 조달하니 큰 부담 없이 몸만 준비하면 된다. 모내기 뒤에는 각자 자기 농사를 알아서 짓고 소출 또한 각자 알아서 처분한다. 이 단계에서도 그때 그때 해야 할 일과 요령을 '작업지침' 형태로 제시한다. 그러니 초보자라도 벼농사에 다가가기가 쉽다.

경작 면적이 넓은 전업농의 경우 협동작업 비용을 도맡더라도 일손을 쉽게 구할 수 있으니 그 편이 훨씬 낫다. 이해관계 측면에서 보더라도 협동작업은 모두에게 득이 되는 셈이다.

와글와글, 요절복통
지금 여기서 행복한 세상

벼농사는 볍씨 담그기부터 시작된다. 소금물로 쭉정이를 걸러내는 염수선이 첫 번째 협동작업이다. 튼실한 볍씨를 골라 냉수에 담가 촉을 틔운다. 촉이 튼 볍씨를 기계(전기 파종기)를 이용해 2000개 넘는 모판에 넣는 파종작업은 꼬박 하루가 걸린다. 파종을 마친 모판은 사나흘 동안 숙성시켜 물못자리에 앉힌다. 못자리 작업에는 보통 20~30명이 참여한다. 못자리에서 한 달 조금 넘게 모를 길러내면 모내기를 하게 된다. 못자리에서 떼어낸 모판을 여기저기 흩어져 있는 논배미로 트럭에 실어 나르는 데 많은 일손이 필요하다. 모판 나르기를 끝으로 협동작업은 사실상 막을 내린다. 모내기부터 가을걷이까지는 품이 많이 들지 않아 저마다 알아서 한다. 가을걷이가 끝나면 벼농사는 기나긴 농한기로 접어든다. 벼농사두레도 숨 고르기에 들어간다.

회원 엠티(연찬회)를 시작으로 벼농사두레의 새해가 열린다. 1박2일 일정인데 주로 바닷가를 찾는다. 바로 이어질 '농한기 강좌' 주제를 선정하는 게 주목적이다. 농한기에는 농사꾼도 공부를 해야 한다. 그래서 농한기 강좌. 그 방식이나 주제는 조금씩 바뀌어 왔는데 2주에 한 번 5~6회 강연을 여는 것으로 가닥이 잡혔다. 처음엔 회원을 대상으로 농사교육에 주안점을 두었으나 최근에는 강좌를 지역주민에게 개방하고 벼두레 회원 가운데 전문가가 강사로 나서는 방식으로 바뀌었다.

3월로 접어들면 다시 벼농사 지을 궁리를 하게 된다. 먼저 새로운 경작자에게 농사 공정을 안내하는 '경작 설명회'를 연다. 4월 초에는 벼두레 정기총회를 연다. 2년마다 임원진을 새로 뽑는데 새로운 진용이 갖춰지고 기운이 새로워진 가운데 4월 하순, 다시 볍씨 담그기를 시작으로 새로운 벼농사가 시작된다.

벼두레의 한 해 살이를 대략 훑어보았다. 느슨한

네트워크치고는 그리 간단치 않은 조직임을 헤아릴 수 있으리라. 그렇다면 벼두레 사람들은 무엇을 위해 어울리는 것일까.

시골도 이젠 '돈이 곧 밥'인 세상임을 부인하기 어렵다. 돈을 우습게 볼 일은 아니지만 보람이나 가치보다 앞세울 일은 아니지 싶다. 생태나 공생 같은 가치를 일구면서도 농사가 즐겁다면 좀 적게 벌더라도 훨씬 괜찮은 삶이 아닐까?

그래서 나는 어떻게든 더 벌어볼까 아등바등 매달리는 대신 더불어 여유롭게 살아가는 것이 이 시대, 그 가운데서도 시골살이의 참모습이라 믿는다. 나아가 벼농사두레야말로 그런 삶을 체현한 보기 드문 모델임을 의심치 않는다. 단순히 '좋은 이웃'에 그치지 않고 마을을 넘어 읍면 단위를 아우르는 폭넓은 관계망 속에서 생태적이고 가치 있는 삶을 함께 누린다고 생각해보라. 정말 멋지지 않은가. 그리하여 '시골로 내려가 어떻게 살 것인가. 어떻게 사는 것이 잘사는 것일까'를 고민하는 이들이 벼두레를 통해 그 실마리를 찾을 수 있기를 바란다.

이제 와글와글, 아기자기, 요절복통, 벼두레 사람들이 펼치는 '지금 여기서 행복한 세상'으로 들어가 보자.

01

힘겨운 농사일을
놀이로 만드는
사람들

어스름이 깔리자 달집을 세워놓은 마을 앞 논배미로 사람들이 모여들더니 금세 와자해졌다. 현장에서 급조했는데도 열 명 넘게 풍물패가 꾸려졌다. 몇 번 호흡을 맞추니 그럭저럭 왕년의 가락이 되살아난다. 달집을 싸고도는 풍물가락에 맞춰 덩실덩실 춤판이 벌어지면서 분위기가 확 달아오른다. 아이들은 불깡통을 휘돌리는 불놀이와 여기저기 논두렁에 불을 놓는 불장난에 신이 났다.

마침내 동녘 하늘에 둥근달이 떠오르면서 저마다 소원을 적은 종이쪽이 빼곡히 매달린 달집에 불이 붙었다. 엄청난 불길이 하늘로 치솟으며 활활 타오르자 일시에 탄성이 터져 나온다. 두 손을 모으고 소원을 비는 모습도 눈에 띈다. 다시 풍물가락이 울리고 불길을 싸고도는 기다란 행렬의 강강술래가 펼쳐진다. 저녁나절 시작돼 줄잡아 100명이 함께 즐긴 잔치는 밤이 이슥해서야 막을 내렸다.

여러 사정으로 지금은 잠시 끊긴 상태지만 어느 해 벼두레가 마련한 정월대보름 잔치는 절로 신명 나는 자리였다. 요즘 사람들에게 대보름 잔치란 전통사회의 유물일 뿐이다. 피붙이끼리 쇠는 설 명절은 그래도 명맥을 잇고 있지만 대보름은 마을공동체의 명절인 탓이다. 시골 살림에서 농사 비중이 줄어들고 그나마 축산, 시설채소, 원예, 특작 따위로 각자도생, 뿔뿔이 나뉘어 있으니 마을잔치가 그리 절실하지 않게 되었다. 그러니 마을에 생기를 불어넣고 공동체 문화를 살리자면 거꾸로 대보름 잔치만 한 게 없다.

그래 벼두레가 나서 잔치판을 짜게 된 것이다. 고산권에서 가장 큰 동네인 어우마을 앞 논배미에서 판을 벌이기로 했다. 며칠 전부터 틈틈이 볏짚과 땔감을 그러모으고 대나무를 베어다가 달집을 세웠다. 회원들이 십시일반으로 오곡밥을 짓고, 보름나물을 무치고 갖은 먹거리를 마련했다. 물론 벼두레 회원들만이 아닌 어우마을, 나아가 마음 들썩이는 인근 주민 모두가 함께 즐기는 잔치판이다.

동네잔치는 더불어 하나 되는 '어울마당'이기도 하지만 그 한 사람 한 사람한테는 '풀이'이기도 하다. 한풀이, 넋풀이, 신명풀이…. 그렇게 기운을 다져 농사철에 대비하는 것이겠다.

이 소중한 잔치판을 다름 아닌 벼두레가 이끌었다는 점을 눈여겨볼 필요가 있다. 쌀은 우리 문화의 토대이자 원형질이다. 쌀농사를 짓는 이들이 마을 대동놀이판을 이끌고 새로운 시골 공동체의 불씨를 살려가고 있다는 점은 그 의미가 결코 작지 않다.

내가 '지긋지긋한' 논농사를 선택한 이유

벼농사를 둘러싼 환경은 갈수록 불리해지고 있다. 수지타산을 해보면 남는 게 거의 없으니 사실상 밑지는 장사라는 불만이 높다. 물론 역대 정권이 예외 없이 견지해온 농업 홀대 정책의 결과다. 다른 농사 지어봤자 마찬가지니 해오던 대로 벼농사를 이어가는 형편이다. 그래서 이 절망의 벽을 뛰어넘을 동기가 필요한데 나는 '더불어 짓는 즐거운 농사'에서 답을 찾고 싶다.

물론 소득을 아예 무시할 수 없는 노릇이고 기본적으

로 먹고살아야 하는 건 틀림없다. 그 길은 알맞은 경작 규모를 갖추고 농기계와 노동력을 서로 나눠 쓰며 생태 농사로 건강한 먹거리를 길러내는 데서 찾을 수 있으리라. 그 속에서 모두가 함께 누리고 즐겁게 짓는 농사를 나는 꿈꾼다. 벼두레가 몇 가지 어려움 속에서도 공동 농사를 이어가는 것은 그런 까닭이다. 함께 일하면 단순한 협업만으로도 시너지 효과가 생긴다. 나아가 심리적으로 노동의 힘겨움을 덜어주고 흥을 돋운다.

나는 어린 시절을 호남평야 언저리에서 보냈다. 사방을 둘러보면 논밖에 안 보이는 그런 곳이다. 집에서 남쪽으로 20리 떨어진 익산 미륵산(해발 430미터)이 세상에서 가장 높은 산인 줄 알고 자랐다. 동쪽으로 가물가물 보이는 금남정맥은 현실이 아니었기 때문이다. 우리 집은 농사를 지었고 대부분이 논농사였다. 30마지기(6000평)쯤 되었는데 기계화 이전이었으니 결코 적은 농사가 아니었다. 농번기가 되면 그 많은 일꾼들 밥과 새참을 지어 광주리에 이고 가는 어머니 뒤를 막걸리 주전자 들고 졸졸 따라가던 기억이 어렴풋하다. 맨바닥에 둘러앉아 먹던 두레밥, 그 황홀한 맛은 지금도 혀끝에 맴돈다.

거의 모든 농사일을 손작업으로 해내던 그 시절,

어린 일손도 아쉬웠던 터라 바쁜 철엔 나도 거들어야 했다. 이런저런 잔심부름에 지나지 않았지만 몹시 지겨웠고, 어른들의 고단한 노동을 지켜보며 벼농사가 싫어졌다. 미끈미끈한 논바닥의 느낌도, 거기서 풍겨 오는 흙냄새도 언짢기만 했다.

중학생 때 일찌감치 유학을 떠나 40대 중반까지 서울에 사는 동안 농사는 내 영역이 아니게 되었다. 40대 중반이 되어 귀농이라는 이름으로 다시 내려오면서도 '논밖에 안 보이는' 고향땅은 선택지에서 아예 빼놓았다. 이곳 고산 땅에 자리를 잡으면서도 처음에는 '지긋지긋하던' 논 대신 밭농사를 염두에 두고 있었다. 생태적인 것과 거리가 먼 축산이나 시설채소는 진작부터 젖혀두고 어떤 농사를 지을지 고심하던 터에… 사람 일이란 알다가도 모를 일이었다. 비슷한 시기에 귀농을 한 건넛마을 운영 씨가 어느 날 불쑥 제안을 해왔다. 일단 저질러놓고 보는 성격이다.

"형님! 제가 여기저기 논 스물다섯 마지기를 임대해놨는데 같이 지어 보실래요?"

귀농하고 한 해가 지난, 그럼에도 아직도 무슨 농사를 지을지 갈피를 못 잡고 있던 즈음이었다. 농사를 짓겠노라 큰소리를 쳐놓은 마당이라 그 제안을 거절할 '명분'이 궁했다. 한편으론 어린 시절이지만 어깨

너머로 경험도 해봤으니 그나마 익숙한 게 벼농사 아닌가. 아울러 유기농 벼농사라면 생태적 명분도 뚜렷했다. 이른바 '논의 공익적 가치' 말이다.

먼저 논은 천연의 만능 댐으로써 홍수를 조절하고, 지하수를 길러내며, 여름철 뜨거운 공기를 식혀준다. 또한 토양유실과 지하수 오염을 막고, 수질과 대기를 정화하는 등 환경을 보전한다. 나아가 자연경관을 유지하고, 오염과 공해를 줄이는 효과가 있어 지구 생태계를 보호한다.[*] 논이 인류에게 보탬이 되는 일은 이밖에도 헤아릴 수가 없다. 따라서 벼농사를 짓는 것만으로도 공익에 크게 기여하는 셈이다. 게다가 농약과 화학비료를 쓰지 않는 유기농이니 두말할 나위가 없는 선택이었다.

일과 놀이가 구분되지 않는
그런 노동

나의 '벼농사 시대'는 그렇게 시작되었다. 물

[*]《논 왜 지켜야 하는가》, 김동수 외, 따님, 2000.

론 생각했던 대로 만만한 일이 아니었다. 많이 기계화되어 중노동에서는 벗어났지만 유기농의 경우 몸을 써야 하는 일이 꽤 되었다. 고산권에서는 그 당시도 벼 유기재배가 널리 보급됐고, 이미 '땅기운 작목반'이라는 대규모 유기농 벼농사 단체가 활발히 움직이고 있었다. 우리는 그 가운데 '포트모 시스템'*을 채택한 대여섯 농가와 짝을 이뤄 필요한 공동작업을 진행했다. 홀아비 사정 과부가 알아준다고 대부분 귀농·귀촌한 이들이었다. 그때부터 이미 공동으로 못자리를 조성해 모농사를 함께 지었던 것이다. '팀 작업'으로만 가능한 공정 때문이었으니 굳이 '두레'를 떠올릴 것도 없었다.

전통사회의 공동 농사를 흔히 두레라 부른다. 모내기 두레, 김매기 두레, 벼베기 두레 등 일시에 많은 품이 들 때마다 노동조직을 함께 꾸린 것이다. 요즘 식으로 말하자면 협동작업쯤 될 텐데, 벼농사두레의 '두레'는 바로 이런 뜻을 담은 것이다. 실제로 많은 사람

---

* 국내에 보급된 기계 모내기(이앙기)는 통짜모판 시스템이 주류를 이룬다. 이 시스템은 볏모의 활착력이 떨어지는 단점이 있는데, 이를 개선한 것이 포트모판이다. 모판 하나가 400여 개의 포트(씨방)로 구성되어 있다. 별도의 파종기와 이앙기를 쓰는데 포트모 시스템을 채택한 농가들은 완주군 농업기술센터가 보유한 파종기계와 이앙기 한 대를 임대해 돌려쓴다.

이 함께하면 일손에 여유가 생긴다.

그래서 벼두레의 협동작업에는 실제 경작하는 회원뿐 아니라 여건이 되는 일반회원들도 참여하게 된다. 회원 다수가 직장인임을 감안해 작업 날짜는 보통 주말이나 공휴일로 잡는다. 일손이 넉넉하면 한결 여유가 생기게 마련이다. 바삐 서두르거나 무리를 할 필요가 없다. 이런저런 우스개와 치기 어린 장난으로 웃음이 끊이지 않는다. 조금 힘들다 싶을 때 누군가 "쉬었다 합시다!" 하면 여부가 있을 수 없다. 흥이 나면 풍물을 치기도 하고, 점심시간 짬을 내 장기자랑이 벌어지기도 한다. 고단한 노동이지만 그다지 힘에 부치지는 않는, 일과 놀이가 구분되지 않는 그런 노동이 펼쳐지는 것이다.

먹는 즐거움을 빼놓을 수 없다. 아침새참-점심-오후새참 꼬박꼬박 챙긴다. 점심은 보통 읍내 식당에 주문하지만 저마다 찬거리며 새참거리를 바리바리 싸들고 오니 먹거리가 넘쳐난다. 동네 잔치판이 따로 없다. 여기에 농주가 빠지면 섭섭하다. 벼농사두레 안에는 '막동이'라고, 막걸리 빚는 동아리가 활동하는데 협동작업이나 잔치판에 맞춰 술을 빚어낸다. 막걸리 잔이 몇 순배 돌게 되면 흥도 나고, 힘도 난다. 일과 잔치가 구분되지 않는 노동의 경지라 할 수 있겠다. 이른 시간에 작업이 끝나면 뒤풀이를 겸한 저녁식사 자리가 벌어지기도 한다.

놀 핑계는
얼마든지 있다

협동작업 때만 그러면 자칫 '일손 동원전략'으로 몰릴 수도 있겠다. 결코 그렇지 않음을, 순수한 놀이 본성의 발로임을 협동작업이 아니라도 입증해야 한다. 큰일을 무사히 해치웠으니 그냥 넘어갈 수 없지 않겠느냐는 핑계를 끌어댄다. 모내기가 끝나는 6월 중하순, 아직은 땡볕이 내리쬐기 전이라 저녁으로는 선선하니 바깥에서 잔치를 연다. 이름하여 '모내기 무사 완료 축하 가든파티' 되겠다.

김매기가 얼추 끝나는 7월 중순이면 힘든 일도 사실상 끝난다. 이 또한 그냥 넘어갈 수 없다. 이번엔 '양력 백중놀이'다. 백중은 원래 음력 7월 15일인데 양력으로 치면 8월 중순에 해당한다. 그런데 제초기법이 발달해 김매기가 벌써 끝났으니 한 달을 기다릴 순 없는 노릇이다. 그래서 '양력'을 끌어댄 것이다. 백중놀이 취지에 충실하게 강변이나 계곡을 찾아 걸진 먹거리로 몸을 보한 뒤 아이들과 함께 물속으로 풍덩.

벼가 무럭무럭 자라 가을걷이를 앞두면 들녘은 온통 황금물결로 일렁인다. 가을 속 이 아름다운 정경을 어찌 그냥 넘길 수 있겠는가. 이름도 좋다. '황금들녘 나들이&풍년잔치'. 벼 이삭이 고개 숙인 논배미를 헤치며 메뚜기를 잡아 굽고, 가을 풍경을 화폭에 담는 아이들 재잘대는 목소리가 정겹기만 하다. 함께 저녁을 나눈 뒤에는 장기자랑이 펼쳐지는 가운데 가을밤이 깊어간다.

이 가운데 양력 백중놀이와 황금들녘 풍년잔치는 공개행사다. 벼농사두레 회원뿐만 아니라 고산권 지역 주민들에게도 개방해 동네잔치가 벌어진다. 때로 100명 가까운 사람이 함께 잔치를 즐기기도 했다.

그야말로 "우리가 돈이 없지, 핑계가 없냐?" 이거다. 굳이 두레 작업이 아니라도 핑계는 널렸다. 힘든 일 끝나고 8월로 접어들면 벼가 잘 자라고 있는지, 작황은 괜찮은지 살핀다는 핑계로 '논배미 투어'(논둑길 산책)를 하고 뒤풀이 판을 벌인다. 어느 해인가는 8월 중순에 '진짜 백중놀이'라는 핑계를 대기도 했더랬다. 나락을 갈무리하고 첫 방아를 찧고 나면 '햅쌀밥 잔치'를 할 수 있는 좋은 핑곗거리가 생긴다. 송년모임이야 핑계가 필요 없고, 정월대보름 잔치는 당연한 세시풍속 아니던가. 그도 모자라 시시때때로 누군가 '벙개'를 치면 판은 언제든 벌어지게 돼 있다. '작황 부진 대책 수립과 위로를 겸한 모임'은 또 어떤가. 뜻이 있는 곳에 길이 있는 법이다.

노동과 놀이, 노동과 잔치의 경계를 허물어버리는 신명 나는 노동을 좇자는 것이다. 벼농사두레가 온갖 핑계를 대서 잔치판을 벌이고 놀 자리를 '창출'해온 까닭이다.

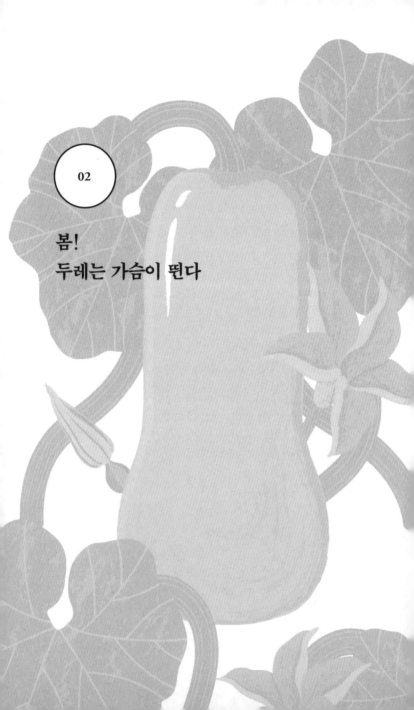

02

봄!
두레는 가슴이 뛴다

칙칙한 무채색 겨울의 끝자락에서 불현듯 곱게 피어난 꽃과 새순을 '본다' 해서 봄이라지만 농부에게 봄이란 농사를 다시 시작하는 철이다. 봄이 돌아오면 벼두레 사람들도 농사 준비로 마음이 바빠진다. 벼두레에게 봄은 여인의 옷차림이 아니라 볍씨에서 온다. 볍씨에서 싹이 터야 비로소 벼농사가 시작되기 때문이다. 그 첫 번째 관문은 바로 볍씨 담그기.

사실 모두가 분주해지는 건 아니다. 주로는 벼두레 일을 책임지는 집행부의 몫이다. 회원총회에서 선출된 대표와 총무, 이사 다섯 해서 모두 일곱 명에 감사 하나를 두고 있다. 임기는 2년. 정기총회는 해마다 열도록 되어 있는데, 시기는 벼농사가 시작되기 직전인

4월 초가 관행이다.

지난 2019년 회원총회는 지금도 화제가 될 만큼 재
밌었던 행사로 남아 있다. 아무리 따져 봐도 그럴 까닭
이 없는데 2/3 가까운 회원이 몰려들었다. '멋진 회원'
에게 상을 주는 사전행사 내내 박장대소가 끊이지 않
았다. 이 프로그램은 이사 중 한 명인 고니 씨에게 모든
걸 맡겼고 혼자서 비밀스럽게 준비했다. '미순임파써
블상', '월드보라상'처럼 수상자 이름을 넣은 상 이름
과 그 내력에 폭소가 끊이지 않았다. 전혀 뜻밖에 벼두
레 대표인 나도 상을 받았다. 이름하여 '남호주연상'.

열기는 본행사인 총회로도 이어졌다. 약정된 시간
을 지키기 위해 발언을 절제하면서도 참여 의지는 뜨
거웠다. 석수 씨의 현장 발의로 농지매입운동(트러스트)
을 추진하기로 하고 일단 위원회를 꾸려 연구부터 진
행하기로 했다. 회칙개정 순서에서는 집행부가 내놓
은 원안을 물리치고 회원이 제안한 수정안이 통과되
기도 했다. 벼두레가 펄떡펄떡 살아 움직이는 조직임
을 보여주는 장면이다. 그 참여 열기는 뒤풀이로도 이
어졌고 다들 "이렇게 재미있는 총회는 처음"이라고 입
을 모았다.

집들이 콘셉트는
작은 음악회

총회 얼마 뒤에 벼농사가 시작된다. 무턱대고 일을 시작하는 게 아니고 초반 작업 방향을 잡고 일정을 조정하는 게 먼저다. 이를 위해 경작자 회의를 열게 된다. 머리 싸맬 만큼 복잡한 과정이 아니고 20~30분이면 의논이 끝난다. 실은 따로 모일 필요도 없이 간단한 온라인 소통만으로도 충분하다. 그럼에도 굳이 모이는 까닭은 이런 자리를 통해 농사를 시작하는 마음의 준비와 더불어 기운을 모아내려 함이다. 그러니 경작자 모두가 참석함은 물론이고 일반회원도 자리를 함께해 기세를 올리는 것이다.

이 중요한 행사를 맨입으로 할 수는 없는 일. 그때그때 여건을 감안해 형식을 갖추는데 이태 전에는 고니 씨 농막 집들이를 겸했다. 고니 씨가 부치는 논배미 위쪽 언덕배기에 지은 작은 휴식공간인데 성을 따서 '황창고'라 이름 붙였다. 경작 회의를 앞두고 고니 씨는 관련한 안내문을 벼두레 단톡방에 올렸다.

1. 저녁 식사는 건축주(고니 씨 아내)가 밥, 국, 김치 외에 돼지고기 오븐 구이, 부추잡채(채식용)를 제공하고, 실입주자(고니 씨)가 막걸리 10병 쏩니다. 기타 필요한 안주나 술은 각자 준비하시기 바랍니다.

2. 반찬 준비 관계로 참석 여부를 오늘 오후 3시까지 알려주세요.

3. 이후 개인적으로 방문하려면 건축주한테 '입고 비자'를 발급받아야 하는데, 만 55세 미만 젊은 여성들의 경우엔 심사가 까다로울 가능성이 있으니 해당되는 분은 이번 기회에 우르르 묻어가는 게 좋을 듯합니다.

"그럼 이날밖에 구경할 기회가 없는 거잖아!" "저는 앞으로 15년이나 못 가는데요?" 여성 회원들의 푸념이 쏟아졌다. "조금만 비굴하면 인생이 편하냐?" "자존심과 명분을 지킬 것인가? 실익과 생존을 취할 것인가?" 하는 남성 회원들의 야유도 끼어들었다.

실제로 이날 회의에는 일반회원들도 우르르 자리를 함께했다. 늘 그래왔듯이 방문자들이 저마다 찬거리를 싸 들고 와서 그럭저럭 풍성한 밥상이 마련됐다. 경작자, 일반회원 따지지 않고 마음껏 웃고 떠들고 하다 보니 몸과 마음이 자연스레 '워밍업'이 되었다.

얘기가 나온 김에 좀 더 사설을 늘어놓자면, 내 딴엔 황창고 집들이를 좀 거창하게 치러보자고 부추기던 참이었다. 그러니까 동네 사람들이 출연하는 '작은 음악회' 형식으로 하자는 것이었고 나는 추진위원장을 자임하고 나섰다. 그보다 2년 전에 열린 우리 집 집들이 콘셉트를 본뜨자는 생각이었다. 얘기인 즉 이렇다.

어쩌다 보니 오십 줄을 한참 넘어 손수 집을 짓게 되었다. 다행히도 동네 사람들이 여러모로 힘을 보태주어 공사가 순조롭게 진행됐고 반년 만에 새집으로 세간을 옮길 수 있었다. 이사를 하고 보니 "빨리 집들이하라"는 성화가 빗발쳤다.

집 짓기에 워낙 많은 이의 신세를 졌으니 은근슬쩍 넘어가기는 애초부터 힘든 상황이었다. 그렇다고 관계망에 따라 잔치를 벌이자니 끝이 없을 것 같고. 시골살이의 관계망이라는 게 두부모 자르듯 나누기도 모호하고. 생각이 여기에 이르고 보니 잔치를 단번에 해치우기로 했다. 그리하면 잔치 준비에 드는 부담도 덜할 듯싶었다.

열흘 전에야 날짜를 잡고, 준비에 들어갔다. '완공축하 작은 음악회'라는 콘셉트가 잡히고, 동네를 주름잡는 재주꾼들이 너도나도 행사 기획팀에 합류해 반

짝이는 아이디어를 내준 덕분에 프로그램을 짜는 데
는 그리 시간이 걸리지 않았다. 진수성찬 차려 먹고
마시는 잔치가 아니라 동네 사람들이 함께 즐기는 자
리를 만들고 싶었다. 공연 출연진 또한 조금 서툴더라
도 동네 사람들로 채웠다.

집 지을 때부터 동네 사람들 신세를 많이 지다 보
니 잔치 준비에도 태연히 손을 벌릴 만큼 낯이 두꺼워
졌다. 음악회에 필요한 음향과 집기는 고산에 자리 잡
은 공연기획사의 도움을 받았다. 역시 고산에 터 잡고
우리 집을 지어준 시공사는 계단을 타고 오르는 '어마
어마한' 무대를 설치해주었다.

아무리 소박한 잔치라지만 음식 준비를 소홀히 할
수는 없는 일. 이 고장 로컬푸드 음식점에 맡길 요량
이었는데 휴일엔 출장서비스를 하지 않는다지 않는
가. 일이 궁해지니 믿을 건 또 동네 사람들뿐. 동네 공
동부엌 '모여라 땡땡땡' 운영진한테 사정했더니만 그
자리에서 승낙해주었다. 나아가 솜씨 좋은 누구는 전
부치고, 누구는 콩나물국 끓이고, 누구는 강된장 만들
고…. 함께 준비하고, 함께 즐기는 시골 마을의 옛 전
통이 되살아난 듯했다.

마침내 잔칫날. 산자락에 자리한 동네가 와글거렸
다. 다들 살짝 상기되어 "무슨 면민의 날 행사 같다"

라고 말했다. 동네 아이들과 어른들, 실력을 갖춘 '프로 뮤지션'의 공연이 이어졌다. 모두 연신 앙코르를 외치며 환성을 내질렀다. 이 특별한 집들이의 여운은 초여름 밤이 무르익어 쌀쌀한 밤공기에 모닥불을 피울 때까지 가시지 않았다. 150명쯤 되는 동네 사람들이 함께 즐긴 동네잔치는 그렇게 막을 내렸던 것이었다.

이 작은 음악회를 황창고 집들이에서 재현해보려던 내 뜻은 끝내 좌절되고 말았다. 번거로운 걸 내켜하지 않는 '건축주'의 재가를 얻어내는 데 실패하고만 것. 결국 벼두레 단톡방에 다음과 같은 입장을 밝히는 것으로 상황은 막을 내렸다.

[해산-사퇴] 너멍굴 다섯 마지기 천수답 위에 들어선 '황창고' 집들이와 관련해 '작은 음악회'를 추진하겠다고 밝힌 바 있습니다. 그러나 실제 상황을 파악해 본 즉 여건이 성숙되지 않은 것으로 확인되었습니다. 이에 '작은 음악회 추진위원회'를 해산하고 위원장직에서 물러나고자 합니다. 다들 착오 없으시기를.

황창고는 그 뒤 6월 초 모내기를 앞두고 열린 경작자 회의에 다시 한번 자리를 내줬다. 이때는 저마다 도시락을 준비하기로 했다. 하지만 누구는 된장국을, 누구는 쌈채소를, 누구는 밥과 반찬을 싸 들고 오는 바람에 굳이 도시락이 필요 없게 되었다.

농사철을 앞둔 농부의
복잡한 마음

벼농사의 첫 작업인 볍씨 담그기는 작업이 까다롭거나 인력이 많이 필요치는 않지만 그래도 혹시나 하는 마음에 긴장을 늦출 수 없다. 볍씨는 고산 땅 기운작목반과 연계된 고산농협에서 받아 온다. 벼두레 회원 가운데 작목반원이 셋이고 이들에게 배정된 볍씨가 100킬로그램 조금 넘는데 그 정도면 충분한 양이다.

모든 씨앗이 그렇듯 볍씨 또한 온도 습도를 비롯해 알맞은 환경이 갖춰지면 싹이 튼다. 실제로 모내기가 도입되기 전까지는 논에 바로 볍씨를 뿌리는 직파농법을 썼다. 이 경우 뿌려진 자리에 따라 들쭉날쭉 자라기 십상이다. 모내기를 하려면 볏모를 쪽 고르게 길러야 하므로 적당한 처치를 해야 하는데 그것이 바로 볍씨 담그기다. 담근다는 것은 무언가를 액체 속에 넣어 어떤 변화를 꾀하는 일이다. 볍씨 담그기는 볍씨를 물에 담가 촉을 틔우는 게 목적이다.

4월 하순 어느 날 점심시간이 지나 사람들이 하나둘 작업장으로 들어선다. 집행부 서넛과 처음 벼농사에 입문하는 초보자 대여섯 해서 열 명 남짓한 단출한 작업팀이다. 한 번만 경험해도 그게 참 싱거운 작업이라는 걸 알고 심드렁해지게 마련이다. 하지만 벼농사가 처음인 초보자에게는 모든 일이 새롭고 신기하다.

벼두레는 해마다 농사철을 앞두고 일반회원들을 상대로 '경작 설명회'를 연다. 벼농사에 도전할 뜻을 품은 이들에게 유기농 벼농사와 관련한 기초정보, 농사공정, 벼두레의 협동작업 과정, 소요경비와 소출 따위를 일러주어 판단을 돕는 것이다. 해마다 네댓 사람이 새로 입문하고 또 그만큼이 경작을 그만두는 편이다. 올해는 열 명 가까운 이들이 벼농사에 새로 도전장을 내밀었다.

처음 보는 볍씨 담그기에 새내기들은 하나라도 놓칠까 싶어 눈을 반짝인다. 고무통에 물을 담고 소금을 풀어 휘휘 젓는 일, 달걀을 띄워 염도를 맞추는 일, 쏟아부은 볍씨 가운데 둥둥 떠오른 쭉정이를 뜰채로 떠내는 일, 알곡을 그물망에 퍼 담는 일 따위를 직접 해보며 흐뭇해한다.*

볍씨 담그기 작업은 넉넉잡고 한 시간이면 끝이 난다. 그다음은? 명색이 그해 농사의 첫 관문을 지났는데 그냥 흩어지는 건 농부 된 자의 도리가 아니다. 이미 총무 야호 씨가 왕소금을 사 오면서 막걸리 몇 병과 두부 한 모에 간단한 안줏감을 함께 준비해 둔 터다. 야외 테이블에 걸터앉아 권커니 잣거니 하며 그날 일을 품평하고 다음에 이어질 작업공정에 대해 의견을 나눈다. 그러다가 분위기가 익기라도 하면 '시농제'를 핑계로 거나한 저녁자리가 펼쳐지는 것이다.

---

* 볍씨 담그기는 흔히 염수선-열탕소독-냉수침종 세 공정으로 이루어진다. 먼저 염수선. 소금을 풀어 물의 비중을 높인 뒤 볍씨를 쏟아 부으면 튼실한 씨앗은 가라앉고 부실한 쭉정이는 물위로 떠오른다. 뜰채 따위로 쭉정이를 건져내고 알곡만 취한다. 염도를 잘 맞춰야 하는데 계란을 띄웠을 때 껍질이 동전 크기로 드러날 정도가 적당하다.

골라낸 볍씨는 열탕소독을 거친다. 볍씨에 묻어 있는 각종 병균을 없애려 함이다. 섭씨 60도까지 끓인 물에 10분 남짓 담금질한다. 취사도구나 전기 열선을 써서 손수 물을 끓여도 되지만 양이 많을 경우는 온도 유지가 어려워 보일러가 딸린 열탕소독기 제품을 쓴다. 벼농사두레도 몇 년 전까지 열탕소독기를 이용했으나 지금은 고산 땅기운작목반에서 미리 열탕소독한 볍씨를 제공한다. 염수선 처리만 하면 되는 것이다. 한편 농약을 꺼리지 않는 일반 관행농법인 경우 소독제에 담그는 간편한 방법을 쓰는 게 보통이다. 아예 화학약품 처리된 볍씨를 구입하기도 한다.

골라낸 볍씨는 그물망에 넣어 냉수침종을 진행한다. 낮시간에는 물에 담가 놓고, 밤시간에는 건져 두기를 거듭하는 것이다. 그렇게 사나흘이 지나면 쌀눈이 툭 불거져 촉이 튼다.

운때가 맞으면 '동네 술판'으로 일이 커지기도 한다. 고산 미소시장(신 시장)에서는 더러 이런저런 벼룩시장이 열린다. 벼룩시장이 서는 날 볍씨를 담근 적이 있는데 일을 마치고 좌판 한 곳으로 우르르 몰려갔다. '고산 아재들 한잔 상담소'라는 희한한 팻말(흰 티셔츠에 매직펜으로 쓴)을 내건 곳이었다. 벼두레 '준회원 제1호' 영수 씨가 차린 술판이다. 고산에 사는 '마을 디자인' 전문가인데 "요리는 나의 본능"이라며 갖가지 안주를 만들어 손님들에게 제공한다. 술은 저마다 취향껏 가져와야 한다. '귀농·귀촌, 자녀교육, 아무거나' 상담해준다는 명분을 내걸었지만 실은 동네 사람들 낮술 먹는 핑계라는 걸 다 안다.

사실 농사라는 게 일도 일이지만 무엇보다 마음이 중요하다. 더욱이 겨울을 지나 농사철을 앞두고는 그 마음이 예사롭지 않게 된다. 겨우내 묵은 마음의 때는 깨끗이 벗겨내고 새로운 기운을 쐬는 일이 간절해지는 시기이다.

그래 어느 핸가는 '탐매기행'으로 기분전환을 해보자는 누군가의 제안이 나왔다. 아랫녘은 매화가 만개했다는 뉴스에 콧구멍이 벌름거린 것. 순천 선암사의 500년 넘은 선암매가 끝내준다는 설명과 함께다. 느닷없이 벙개를 쳤는데 열 명쯤이 모였던가. 어쩌다가 내가 운전하는 차에 중년 여성들만 넷이 탔는데 그날 따라 하필이면 임신과 출산이 화제로 올랐다. 한 시간 넘게 넷이 돌아가며 저마다 힘들었던 기억들을 풀어놓는데, 달리는 차 안이라 어디로 피할 수도 없고 고스란히 듣고 있을 수밖에 없었다. 남정네들 군대 가서 축구 한 얘기를 들어야 하는 여성들의 고역이 무엇인지 알 듯도 했다.

가는 날이 장날이라고 비가 내렸다. 빗줄기가 가늘어 그나마 다행이었지만 선암매는 아직 활짝 피어나지 않았다. 꽃봉오리에 빗방울이 맺힌 우중매라니. 막 피어오른 선암매는 아름다웠고 잘 보전된 경내 풍경도 일품이었다. 매화꽃 구경하러 떠나왔으니 선암사를 나와 지적인 금둔사로 향했다. 홍매화가 활짝 피어 장관을 이루었다. 어떤 놈은 벌써 시들고 있으니 개화의 섭리라는 건 당최 알다가도 모를 일이다. 이 또한 기후변화가 몰고 온 현상이겠지.

그러고도 시간이 넉넉하여 내친김에 조계산 맞은편 송광사에도 들렀다. 오래전에 우연히 마주쳤던 저녁 예불의 장관이 떠올라 일행한테 제안했는데 다들 좋다고 했다. 뭔가 정제되고 거룩한 기운을 뿜어내는 정결한 경내를 둘러본 뒤 예불이 펼쳐질 대웅보전 앞마당으로 자리를 옮겼는데 아뿔싸, 날씨가 갑자기 추워진 탓인지 전각의 문을 닫고 안에서 진행한다고 했다. 대웅보전 마당에 늘어선 수백을 헤아리는 승려와 불자들, 맑고 우렁우렁한 독경 소리를 기대했는데 적이 실망이 아닐 수 없다. 그나마 범종과 목어, 운판과 어우러진 법고의 고동치는 울림을 들을 수 있어 아쉬움을 달랬다. 그 와중에 일행 두엇이 실내 예불에 참석했다 밖으로 나오니 이미 사위가 어두워진 뒤였다. 추위에 떠느라 피곤이 더했지만 마음의 때가 싹 벗겨지는 느낌이었다. 이젠 뭐라도 할 수 있을 것 같은 기분이랄까.

어쨌거나 볍씨 담그기는 굳이 마음의 준비가 필요 없는 싱거운 노동이지만 뒤따를 고된 노동을 감안할 때 몸 풀기쯤으로 보면 되겠다. 이어지는 볍씨 넣기는 근력보다는 지구력이 요구되는 작업이다.

인기 절정 댄스 장르
'모판춤'

손으로 모를 내던 시절에는 못자리에 바로 볍씨를 뿌려 모를 길렀다. 기계(이앙기)로 모내기를 하는 요즘에는 모판에 볍씨를 넣어 모를 기른다. 볍씨 넣는 작업 또한 기계(파종기)로 하고.

사나흘 동안 볍씨를 냉수에 침종해 촉이 트면 물기를 말려 파종기계에 대준다. 보통 멍석 위에 널어 말리는데 햇볕이 나기 전에는 선풍기를 틀거나 급하면 모발 건조기를 쓴다. 이 과정에서 어이없는 일이 빚어지기도 했다. 새내기 일꾼 선기 씨가 일반 볍씨와 찰볍씨를 무심코 뒤섞어 버리는 대형사고를 친 것. 어쩔 수 없이 처음부터 다시 볍씨를 담그고 촉을 틔우는 일을 되풀이하는 바람에 그해 농사공정은 사나흘 지연됐다.

일본제품 '미노루' 파종기에 전원을 넣으면 느릿느릿 쉴 새 없이 돌아간다.[*] 느려 터져서 답답증이 일지만 속도를 조절할 수 없게 돼 있다. 저놈의 기계가 주인이고 일꾼들은 기계를 보조하는 '시다바리'일 뿐이다. 그러니까 모판과 상토, 볍씨가 떨어지지 않도록 꾸준히 공급해줘야 한다. 파종이 끝난 모판은 트럭 짐칸에 차곡차곡 쌓는다. 2000개가 넘는 모판을 처리하다 보면 온종일 단순반복 노동이 이어질 수밖에 없다.

---

[*] 파종기는 포트모판이 체인을 타고 흐르면서 포트마다 상토를 깔고 그 위에 볍씨를 두세 알 넣은 다음 다시 상토를 덮어 물을 뿌려주는 컨베이어 시스템이다.

다들 그 따분함에서 벗어나려 발버둥 치리란 건 능히 짐작할 수 있을 터. 가장 손쉬운 해소책은 바로 음악이다. 출력 빵빵한 오디오 장비를 가져다가 신나는 곡을 트는 것만으로도 지루함을 덜 수 있다. 어느 순간 댄스뮤직이 흘러나오고 누군가 치고 나가면 약속이나 한 듯 춤판이 벌어지게 돼 있다. 그 와중에도 기계는 멈추지 않고 돌아가니 저마다 눈치껏 리듬을 탄다. 누구는 고갯짓으로, 누구는 발동작으로, 누구는 두 팔을 휘젓는다. 어느 순간 사람들이 일제히 환호성을 내지른다. 저쪽에서 모판을 털고 있던 대찬 씨가 양손에 모판을 들고 탈춤 사위를 떠올리는 코믹한 율동을 선보인 것. 이후로 '모판춤'이라는 새로운 댄스 장르가 생겼다나 어쨌다나.

어느덧 속이 출출한 걸 보니 새참 시간이다. 기계를 끄고 야외 테이블에 둘러앉아 빵이나 과자를 집어들거나 컵라면에 물을 부어 막걸리나 캔맥주로 목을 풀어준다. 모판춤에 대한 이런저런 품평이 이어진다. 짧은 휴식이 끝나고 다시 작업에 들어가려는데 "몸을 풀고 시작하자"는 하말 씨. 이번에는 〈바위처럼〉 노래에 맞춰 체조 같은 군무가 펼쳐진다.

기계파종은 6~7명이면 작업이 가능하다. 그렇더라도 일손이 많으면 작업 부담이 줄어들게 마련이다.

스무 명 남짓 참여하는 게 보통인데 아무래도 점심 시간에 맞춰 몰려들게 돼 있다. 밥과 나물을 커다란 함지박에 털어 넣고 석석 비벼 양푼에 담아내면 그것만으로 진수성찬이 따로 없다. 잔디밭에 둘러앉아 막걸리 몇 순배를 돌리고 나면 거나하게 흥이 오르게 마련. 기타 반주에 맞춰 노래 몇 곡 부르다 보면 오전 작업으로 쌓인 피로가 확 풀린다.

작업장으로는 율곡교회 마당을 비롯해 몇 곳을 떠돌다가 몇 해 전부터 우리 집에서 붙박이로 하고 있다. 기계를 설치하고 돌릴 수 있을 만큼 공간이 넉넉하고 야외 수도를 갖춰 모판에 물을 뿌릴 수 있기 때문이다. 1톤 트럭 3대에 차곡차곡 쌓은 모판에 보온덮개를 씌워 2~3일 동안 놔두면 싹과 뿌리가 돋아나 못자리로 옮길 수 있는 상태가 된다.

03

이토록 재미있고
흥겨운 농사라니

5월 초, 얼마 전까지도 울긋불긋 꽃이 지천이더니 계절은 어느새 신록으로 옷을 갈아입었다. 지나간 꽃철이 아쉬운 들녘에는 불그레한 얼룩인 듯, 뭉게구름인 듯 연보라빛 물결이 일렁인다. 자운영 꽃밭. 콩과의 두해살이풀로 녹비작물이라 해서 풋거름으로 쓰려 씨를 뿌린다. 발목까지 차오른 뚝새풀과 더불어 야트막한 수풀을 이뤘다. 눈길이 그 '자줏빛 구름'에 닿기만 해도 끝없이 가라앉는 아득한 느낌에 진저리를 치게 된다. 그러나 잠깐 사이일 뿐.

어차피 연분홍 봄날은 갔고 농사철로 접어들었다. 벼농사는 이미 첫발을 떼어 모 농사 단계를 지나고 있다. '모 농사가 반 농사'라고 했다. 볏모를 길러내는 기간은 한 달 남짓. 전체의 1/5 밖에 안 되는 짧은 시간이지만 비중으로 치면 절반에 이른다는 뜻이다. 좋은 볍씨를 골라 촉을 틔우고 좋은 자리에 앉혀 잘 보살펴야 짱짱한 모를 얻을 수 있다. 사람의 유년 건강 관리와 다를 바 없다. 그만큼 모 농사가 중요하니 깍듯하게 정성을 기울여야 한다는 얘기 되겠다.

볍씨에 촉이 트면 모판에 넣고, 볍씨에서 싹이 나고 뿌리가 뻗으면 못자리로 옮겨 앉히는 작업을 한다. 이는 일관 공정이고 그 작업을 하는 5월 초는 흔히 황금연휴 기간이다. 사실 농사꾼에게는 달력에 박힌 빨간 날이 별 의미가 없다. 농사라는 게 원리를 따져보면 작물(가축)이 주인이고 농사꾼은 그 생육주기에 따를 수밖에 없는 탓이다. 그래도 직장인들과 함께 시골 공동체를 이루고 살다 보면 요일이나 공휴일을 의식하지 않을 수가 없게 된다. 더욱이 벼두레 구성원은 다수가 직장인이니 더더욱 그럴 수밖에.

그럼에도 5월 황금연휴에는 미안함을 무릅쓰고 두레작업을 강행한다. 벼의 생육주기로 보면 이때가 볍씨를 넣어 못자리에 앉히는 적기이기 때문이다. 두레작업은 대체로 노동절(파종)과 어린이날(못자리) 이틀을 잡는 편인데 그리되면 연휴가 깨져버리고 만다. 그래도 이런 작업일정을 반대하거나 불만을 드러내는 이를 본 기억이 없다. 벼두레 회원들 면면을 보면 하나같이 개성이 강하기로 둘째가라면 서러운 이들이다. 그래도 황금연휴가 조각나는 걸 감수하는 것은 두레 작업이 그럴 만한 가치가 있다 여기는 것이라고… 내 맘대로 생각하기로 했다.

벼두레의
인해전술

이윽고 5일, 볍씨 공정 대미를 장식하는 못자리 조성 작업*이 펼쳐진다. 하지만 논배미에 조성하는 이 '물못자리'는 갈수록 낯선 풍경이 되고 있다. 논배미 전체에 수평을 잡고, 고랑을 파 두둑을 판판히 고르고, 수천 개 모판을 옮겨 나르는 작업에 품이 많이 드는 탓이다. 그 대신 비닐하우스에 모판을 늘어놓고 분사기나 스프링클러로 물을 뿌리는 방식이 대세가

---

* 먼저 로터리를 쳐서 논배미 흙을 잘게 부순다. 하루 남짓 물을 가둬두면 적당한 진흙탕이 만들어진다. 여기에 고랑을 파고 두둑을 판판하게 다듬는다. 그 위에 명석망을 깔고 모판을 가지런히 앉힌다. 트럭 짐칸에 층층이 쌓인 모판을 두둑까지 옮긴다. 일손이 많으면 줄을 지어 릴레이로 쉽게 나를 수 있다.

되고 있다. 그나마 손수 모를 기르는 대신 농협이나 개인이 운영하는 육묘장에서 사다 쓰는 추세다.

5년 전엔가, 일 좀 쉽게 해보겠다고 검증되지 않은 '마른 못자리' 방식을 썼다가 낭패를 본 적이 있다. 진흙탕 대신 보슬보슬한 두둑을 만들어 모판을 얹은 뒤 물을 대는 방식이다. 그러나 열흘이 지나도록 싹이 제대로 올라오지 않았다. 결국은 판을 갈아엎고 볍씨 담그기부터 시작해 다시 물못자리를 조성해야 했다.

이래저래 벼두레는 여전히 물못자리 방식을 고집하고 있다. 작업이 어려운 대신 볏모에게 이롭기 때문이다. 스프링클러로 물을 뿌리고 화학성분의 양분을 공급하는 볏모와, 흙에 뿌리를 박고 온갖 미량원소까지 빨아들이는 볏모를 감히 견줄 수 있겠는가. 게다가 말 그대로 두레 아닌가. 필요한 일손을 너끈히 댈 수 있는 조직력을 갖추고 있으니 두레작업을 두려워할 필요가 없다. 아니, 그걸 즐긴다고 해야 할까.

벼두레는 논배미 한 자리에 큰 못자리를 만들고 있다. 두둑이 열셋이나 되는 초대형 못자리는 근동에서 찾아보기 힘들다. 서른 남짓한 인원이 함께 작업하는 경우 오히려 한 곳에 집중하는 것이 효율적이기 때문이다. 두둑이 열셋이나 되더라도 한 줄로 길게 서서 릴레이 작업을 할 수 있기 때문이다. 일종의 '인해전

술'이라고 할 수 있겠다.

사실 벼두레가 일손을 너끈히 댈 수 있는 '조직력'을 갖추고 있다고는 하지만 그게 거저 되는 게 아님은 두말할 나위도 없다. 한꺼번에 많은 사람이 참여해야 하고 그에 따른 형평과 규율도 필요하다. 자칫 갈등의 소지도 있게 마련이다. '나는 이만큼 자원과 인력을 투여했는데 그렇지 못한 사람은 뭐냐?' 이런 시비나 불만이 제기될 수 있기 때문이다.

그런데 벼두레의 협동작업에서는 그동안 이런 문제가 불거진 적이 거의 없다. 살다보면 뜻하지 않은 사정이 생길 수도 있는 법이고, 그런 상황은 누구에게나 엇비슷한 까닭이다. 그래도 최대한 함께하려는 의지는 의심할 여지가 없다. 이번에 빠지면 다음에 곱절로 해야겠다는 심성을 모두가 갖고 있는 것이다. 해서 파종작업에 빠진 사람은 못자리작업에 꼭 참여하고 그 반대의 경우도 있다. 지난해에 연거푸 빠졌던 이는 올해 협동작업에는 모두 참여하기도 한다. 손수 짓는 논배미가 한 평도 없지만 기꺼이 품을 나눠주는 일반 회원이야 말할 필요도 없고. 굳이 세세하게 따지지 않더라도 그럭저럭 균형을 맞추며 잘 굴러왔다고 할 수 있다.

일하다가 갑자기
장기자랑

아무튼 요즘에는 수십 명이 한자리에서 두레 작업을 하는 풍경 자체가 낯선 일이라 시골 어르신들에게는 추억을 떠올리는 구경거리가 되기도 한다. 협동작업이 이루어지니 일의 고단함도 크게 덜 수 있다. 떼거리로 모이니 그 가운데서 절로 흥이 나게 돼 있다. 그야말로 왁자지껄, 낭랑한 웃음소리가 봄 들녘에 울려 퍼지는 것이다.

일손에 여유가 생기니 일에 쫓기지 않고 한결 여유를 부릴 수 있다. 한나절에 두세 번씩 쉬며 에너지를 보충한다. 무엇보다 기다려지는 건 점심시간.

그 옛날 마을두레를 짜서 손 모내기를 하던 시절, 막걸리 주전자 든 아이를 앞세운 아낙이 함지박에 이고 온 걸진 점심에 견줄 바 못 되지만, 역시 푸짐하다. 사실 작업자가 서른 명을 넘나드니 먹매를 대는 일도 만만치가 않다. 서로가 조금씩 나눠 준비하는 것으론 감당이 안 되니 아예 읍내 식당에 주문을 하고 있다. 메뉴는 준비와 뒤처리가 수월한 비빔밥이 그만이다. 파종 때는 그냥 비빔밥, 못자리 때는 보리비빔밥, 이런 식이다. 구슬땀 흘리고 나서 함께 나눠 먹는 두레밥, 그게 참으로 꿀맛이란 얘기를 굳이 덧붙일 필요는 없겠지.

힘을 많이 쓰는 일이라 점심 한 끼만으로는 가당치가 않다. 아침나절 한두 차례, 점심나절 한두 차례 새참은 필수. 컵라면이나 빵 같은 공산품을 준비하기도 하지만 "두렛일인데 그래서 되겠느냐"는 정성이 이어지면서 갖은 먹거리가 넘쳐난다. 따로 주문하거나 부탁하지 않은 일이다. 더러 "몸이 부실하여 일손을 보태지 못하는 대신"인 경우도 있다. 감칠맛 나는 국물에 계란 고명까지 얹은 새참국수, 새콤매콤한 비빔국수, 즉석에서 부쳐내는 김치전과 부추전…. 잔치라도 벌어진 듯 저마다 볼이 미어진다. 이렇게 수시로 드나드니 못자리 배미 바로 옆에 자리한 어우마을 모정은 일꾼들의 쉼터로 안성맞춤이다.

점심을 먹고 나면 소화도 시키고 친교도 다질 겸해서 '장기자랑'을 벌이기도 한다. 이날은 나흘 전 파종 작업 때 선풍적 인기를 끌었던 대찬 씨의 '모판춤' 앙코르 공연이 펼쳐졌다. 역시나 명불허전, 코믹한 춤사위가 펼쳐지자 이번에도 박장대소와 환호성이 터져나왔다.

두렛일에 빠질 수 없는 것, 바로 술이다. 낮일이니 크게 부담을 주지 않는 도수 낮은 맥주를 시장에서 사온다. 막걸리는 얼마 전부터 '자체 조달'하고 있다.

벼농사두레 회원들로 꾸려진 산하 동아리 '막동이' 덕분이다. 전통주에 관심 있는 열 명 남짓의 회원으로 구성돼 있다. 벼두레 회원이 지은 유기농 쌀을 원료로, 두렛일 날짜에 맞춰 고두밥을 찌고 누룩을 버무려 빚는 술이다. 실력이 늘어 멥쌀에 찹쌀을 덧술하는, 너무 맛이 좋아 삼키기가 아깝다는 석탄주까지 선보이는 경지에 올랐다.

당연히 농주 노릇을 톡톡히 해낸다. 반주로, 새참으로 몇 순배 돌리면 눈앞에 펼쳐진 들녘도 거나하게 돌아가는 법. 이 '술심' 덕분에 진흙탕에 골을 파서 반듯이 고르고 모판을 몇 장씩 포개 날라도 힘든 줄 모른다.

노동이 놀이가 되는
기적이 일어나는 곳

일꾼이 서른 명을 훌쩍 넘으면 그야말로 여유만만이다. 작업공정마다 꼬박꼬박 인증샷도 찍는다. 두둑에 가지런히 얹은 모판에 부직포를 덮고 나면 작업이 모두 끝나는데 아직도 해가 중천이다. 이렇게 일이 일찍 끝나면 뒷정리를 하고 대충 몸을 씻고 나서 057

저녁밥을 겸한 뒤풀이가 이어진다. 저마다 나름의 무용담을 풀어놓으면서 누군가를 흉보거나 칭찬하다 보면 고단했던 하루가 뿌듯하게 저문다. 물론 '함께하는 즐거운 노동'을 경험한 감흥만큼 뿌듯한 것은 없다. 벼두레 단톡방에는 그 여운이 고스란히 묻어난다.

> 행사가 있어 마무리 함께 못하고 나와 죄송합니다. 다들 고생하셨습니다^^

> 농사일 힘들어서 기피했는데 이렇게 함께하니 하나도 안 힘들고 행복하기만 합니다^^ 한나절만 해서 그런가?^^; 모두들 수고하셨어요.

> 일찍 끝나 좋아요. 하나하나 사람 손의 힘 대단합니다.

> 좋은 하루, 멋진 사람들을 보았습니다.

> 함께할 시간을 못 맞춰 눈팅만 하고 있었는데 결국 그 많은 일을 해내시네요. 함께하는 힘의 거대함을 새삼 느낄 수 있었습니다.

> 멋져요!

> 단체 사진이 어벤저스 저리 가라네요^^

> 새벽부터 고추 심느라 함께 못했네요.

올라온 사진 보면서 어렸을 적 기억을 떠올렸어요.
정말 수고들 많으셨어요. 뒤풀이만 참석하기엔
염치가 없어서 ㅎ

^ 셰프 수영 님이 뒤풀이 비용에 보태겠다고
거금을 내놓기에 그중 그만 원만 받아서
후원금으로 입금했습니다.

^ 고맙습니다. 우리 두레가 또 역사를
새로 썼습니다. 5시도 안 돼 작업을 마치는
놀라운 일이 벌어졌습니다. 점심 먹고 풍물까지
한판 울리는 여유를 부리면서도 이루어낸 결과라
더욱 기쁩니다. 덕분에 행복한 하루였습니다.
힘겨운 노동이 즐거운 놀이가 되는 이 기적이
계속 이어지겠지요?

조성작업을 끝낸 못자리는 하얀 부직포가 덮여 있
어 위에서 바라보면 비닐하우스처럼 보인다. 실제로
비닐과 비슷한 햇볕 투과-보온 기능을 한다. 이런 환
경에서 사나흘이 지나면 볍씨에서 초록색 바늘을 닮
은 새싹이 삐죽 돋아난다. 며칠 더 지나면 잎이 하나
둘 나오기 시작해 귀여운 볏모 꼴을 갖추게 된다.
두둑의 수평이 맞지 않아 싹이 올라오지 않거나 아
예 물에 잠기는 구역이 있다. 이런 곳은 모판을 들어

내고 판판하게 다듬은 뒤 다시 앉혀야 한다. 제대로 하지 않으면 부분 탈모처럼 듬성듬성 결주가 생겨 그 모판을 쓸 수 없게 된다.

볏모가 한 뼘쯤 자라 안정권에 접어들 때까지는 매일 같이 못자리를 둘러보며 물 높이를 맞춰 주고 모의 생육 상태를 살펴야 한다. 이 일은 주로 '대농'인 내 몫이다. 경작 면적이 벼두레 전체의 절반을 웃돌아 이해관계가 가장 큰 데다 개중 농사 경험이 가장 풍부하기 때문이다.

볏모가 자라면서 부직포도 조금씩 부풀어 오르다가 끝내는 팽팽해진다. 그래도 볏모는 계속 자라므로 부직포에 짓눌리는 꼴이 된다. 언뜻 반투명한 공간에 빽빽이 갇혀 아우성치는 듯 보인다. 모판을 앉히고 20일쯤 지나면 부직포를 걷어준다. 모가 웃자라는 걸 막고 모내기 때까지 상온에 적응시키기 위함이다. 한낮에는 볏모가 '화상'을 입을 수 있어 해가 잦아든 저녁나절에 걷는 작업을 한다.

흰 장막을 걷어내고 나면 천연 잔디 구장 뺨치게 아름다운 경관이 펼쳐진다. 열세 줄 두둑은 한순간에 짙푸른 융단으로 탈바꿈한다. 이 순간은 늘 가슴이 벅차오르는데 그 느낌을 한마디로 표현하기 힘들다. 어떤 이는 부직포 들출 때의 '손맛'을 얘기한다. 젖히는 순간 드러나는 저 푸른빛! 가장 완벽한 빛깔! 저리 이쁜 게 세상에 또 있을까.

1시간도 안 되어 작업을 끝낸 이들은 저마다 이 장관을 카메라에 담기 바쁘다. 볍씨를 담가 모판에 넣고 못자리에 앉히느라 구슬땀을 흘리던 기억을 떠올리면 스스로 대견스럽고 감개무량하리라. 이런 기분을 두고 그냥 흩어질 수 없으니 저녁을 함께 들며 그 감흥을 나누는 거다.

이제부터 볏모는 농부의 손길이 닿지 않더라도 햇빛과 물의 힘으로 커갈 것이다. 그리고 머잖아 달포 넘게 길러준 못자리 배미를 떠날 것이다.

04

밤꽃 피는 6월의
들녘

6월로 접어들면 온 산에 콩고물을 뿌려놓은 듯 밤꽃이 핀다. 이즈음에 단오(음력 5월 5일)가 닿는다. 창포물에 머리 감고 씨름판을 벌이는 그 단오절. 고산에서는 해마다 '풍년기원 단오맞이 한마당' 잔치를 연다. 애초 한 초등학교의 전통문화 체험행사였던 것이 전체 초중고와 지역사회를 아우르는 잔치로 커진 행사다. 풍물 길놀이와 단오장사 씨름대회, 윷놀이, 강강술래 같은 전통놀이가 펼쳐지는데, 핵심 프로그램은 뭐니 뭐니 해도 손 모내기 체험이다.

이 모내기 체험을 벼농사두레가 주관한다. 논배미에 못줄을 띄워 벼두레가 길러온 볏모로 손 모내기를 하는 것이다. 프로그램 진행을 맡을 회원을 모집해 계획을 짜고 임무를 나눈다. 100명 가까운 아이와 부모들이 못줄 앞에 나란히 늘어선다. 총지휘자가 징을 쳐서 신호를 보내면 못줄잡이가 한 칸, 한 칸 못줄을 옮긴다. 두 패로 나뉘어 논배미 양쪽 끝에서부터 가운데로 심어 온다.

기계화 시대에 손 모내기의 맛

아이들은 어른의 도움을 받아 앙증맞은 손으로 모 포기를 꽂아 넣는다. 진흙 장난을 하거나 엉덩방아를 찧는 아이들도 있다. 논배미는 울긋불긋 피어난 '꽃송이'들의 재잘거림으로 시끌시끌하다. 한 시간이면 모내기가 끝난다.

기후변화에 따른 미친 날씨 탓에 벌써부터 땡볕이 내리쬔다. 모내기를 마친 아이들은 앞다퉈 비닐장판에 수돗물을 흘려 만든 미끄럼판을 나뒹군다. 놀다가 새참 국수 한 그릇 후루룩 말아 먹고는 다시 놀이판으로 달려간다.

기계 모내기가 일반화된 요즘 손 모내기는 과거의 유물이 된 지 오래다. 그럼에도 도시민이나 아이들이 농사를 두루 겪어보기엔 더없이 훌륭한 체험거리가 된다. 맨살에 와 닿는 논바닥의 낯선 느낌, 끊임없이 허리를 굽혔다 펴는 육체노동, 못줄을 기준으로 다른 사람과 보조를 맞춰야 하는 협동심, 그 속에서 느끼는 두레 정신까지.

벼두레 회원 여럿이서 손 모내기를 이끌었지만 이는 어디까지나 '번외경기'나 '시범경기'일 뿐이다. 벼두레 자신의 모내기는 아직도 보름 남짓 더 지나야 한다. 모내기는 논바닥에 모를 꽂아 넣는 단순한 작업이 아니라 오랜 준비가 필요한 일이다. 모내기 철이 다가오면 먼저 논배미를 만들어야 한다. 논배미 만들기란 겨우내 묵어 있던 논을 갈아 모를 심을 수 있도록 준비하는 과정이다. 논두렁을 손보는 일부터 시작한다. 허물어지거나 움푹 파인 곳, 구멍이 뚫린 곳을 메우고 다지는 작업이다. 논물이 새거나 흘러넘치지 않도록 잘 갈무리하기 위함이다.

짓는 논배미가 많지 않으면 삽질만으로 너끈하다. 경작 면적이 넓으면 요즘은 '논둑 조성기'라는 기계의 힘을 빌리는 편이다. 트랙터에 매달아 쓰는 이 기계가 논둑을 훑고 지나가면 매끈하고 반듯하게 보강된다. 논둑 상태에 따라 2~3년 만에 한 번 돌리는데 쓸 때마다 참 편리하다는 감탄이 절로 나온다.

논둑 조성기를 쓰면 수북이 자란 풀도 흙더미에 덮여 말끔해진다. 하지만 조성기를 돌리지 않는 해에는 논둑에 올라온 풀을 베 줘야 한다. 풀이 우거지면 경계를 확인하기 어려워 논갈이 작업에 애를 먹기 때문이다. 보통은 휘발유 엔진으로 강철 칼날을 고속 회전시키는 예초기를 쓰게 된다. 위험하기도 하거니와 기계 진동이 심해 두어 시간 돌리고 나면 저도 모르게 팔뚝이 덜덜 떨린다. 이렇게 논두렁이 보강되면 논갈이에 들어간다.*

기계치 농사꾼의 슬픔

한편 우리나라 벼농사 공정은 95퍼센트 넘게

---

* 논갈이는 논바닥을 갈아엎는 애벌갈이와 흙덩이를 잘게 바수는 로터리 작업, 물을 대고 논을 삶는 써레질로 이어진다. 트랙터에 쟁기와 로터베이터(회전식 경운기), 써레를 장착해 작업한다. 보통은 애벌갈이를 한 상태에서 물을 대고 흙을 잘게 바숴 묽은 반죽 상태로 만들어 바닥을 판판하게 고른다. 기계 작업이 제대로 되지 않아 높낮이가 고르지 못한 곳이 생길 수 있는데 이런 곳은 레이크(열두발 쇠스랑)로 일일이 평을 잡아줘야 한다. 써레질을 한 뒤 사나흘 동안 흙탕물이 가라앉고 논바닥이 묵이나 젤리 상태로 말랑해지면 모내기를 한다.

기계화되었다. 농업인구가 갈수록 줄어 2백만, 비중으로는 전체의 4퍼센트에 지나지 않으니 그럴 수밖에 없다. 탄소배출 때문에 기계화가 마뜩잖다고 하여 예전처럼 모내기두레, 김매기두레 따위를 꾸릴 엄두조차 낼 수 없는 상황인 것이다. 따라서 벼농사 경작 면적이 웬만하면 트랙터, 이앙기, 콤바인쯤은 손수 운행하는 게 기본이다. 하지만 벼두레는 이 세 가지 모두를 다른 농가에 맡겨서 작업한다. 아니! 대표인 내가 1만 평 농사를 짓는데 어인 까닭으로?

고산권은 중산간이라 논 면적이 넓지 않은 편이다. 그래서 나처럼 1만 평 벼농사만 지어도 '대농'으로 쳐준다. 그럼에도 내가 손수 장비를 갖춰 운행하지 못하는 이유는 무엇보다 천하의 기계치이기 때문이다. 트럭 하나 제대로 운전하지 못해 걸핏하면 길섶에, 뚝방길에 바퀴를 빠뜨리기 일쑤라 농번기엔 몇 번씩 보험사 긴급출동 서비스를 부르기 바쁘다. 몇 해 전 이앙기를 몰다가 기계와 함께 옆으로 풀썩 넘어지는 사고를 낸 뒤로는 농기계 운행할 엄두를 못 내고 있다. 또 어떤 대형사고를 낼지 스스로를 믿지 못하는 까닭이다.

다른 회원들이야 한두 배미 부치는 소농, 실은 소농도 못 되는 '마이크로농'이니 두말할 나위도 없다. 이들의 농사라는 게 취미농이나 '레저농' 수준이니 농기계 구비는커녕 하나부터 열까지 뒤를 봐줘야 하는 실정이다. 그런 판에 벼두레의 대농이 이렇듯 '인프라'를 갖추지 못했으니 딱한 노릇이 아닐 수 없다. 트랙터, 이앙기, 콤바인은 그만두고 하다못해 관리기 한 대도 갖추지 못한 처지다. 농기계라야 고작 트럭, 예초기 정도. 마이크로농들의 기계작업을 대신해 줄 처지가 못 되는 것이다. 나 자신 대행 작업 수요자로서, 벼두레의 모든 기계 작업 수요를 파악하고 종합해 작업자를 물색하고 조정하는 구실을 맡는다.

사정이 이러니 농사철이 되면 대행 작업은 해마다 굴곡 많은 사연을 남기게 된다. 사전 조정과정이 복잡할 뿐 일단 가닥이 잡히면 그다음 과정은 모두 작업자와 기계의 몫이 된다. 대행 작업비는 어차피 면적(마지기) 단위로 책정되므로 작업자는 모내기 일정에 맞춰 일을 끝내주기만 하면 된다.

다만 한 가지, 논을 삶으려면 물을 대야 한다. 이건 로터리 작업자가 할 수 있는 일이 아니다. 물을 흠씬 대려면 논의 입지에 따라 하루에서 길게는 사나흘이 걸린다. 경작자가 알아서 물을 잡아야 하는 것이다. 논배미가 여기저기 흩어져 있어 공동으로 해볼 여지도 별로 없다. 그런데 물 대는 일이 그리 만만치가 않다.

농수로를 끼고 있고 수량이 풍부하면 별 어려움이 없다. 그러나 물 공급이 원활하지 않은 논배미는 곤란을 겪을 수밖에 없다. 관정을 파거나 양수기를 돌려 물을 뽑아야 한다. 물론 모내기철에 비가 알맞게 내려주면 큰 문제가 되지 않는다. 하지만 가뭄이 들기라도 하면 얘기가 달라진다. 이런 때는 관개시설이 갖추어진 논이라도 어려움을 겪을 수밖에 없다. 물을 아끼기 위해 수원지에서 물 공급을 통제하기 때문이다.

그래서 아전인수, 제 논에 물을 대려는 물싸움이 벌어진다. 저수지를 찾아 수문과 씨름을 해야 하고 치열한 눈치작전이 펼쳐진다. 분명 수문을 열어두었는데 얼마 뒤 물이 쫄쫄쫄…. 누군가 수문을 닫아 놓기 일쑤다. 그나마 관개수로를 갖추지 못해 도랑물이나 관정에 목을 매는 곳에서는 서로 얼굴을 붉히는 사태가 빚어지기도 한다.

온라인 기우제의
약발

석수 씨는 세 마지기 논을 짓는 '자영농'이다. 직장생활을 하면서 농사는 곁가지로 짓지만 '농지는 경작자가 소유해야 한다'는 신념에 따라 논을 매입한 경우다. 이 논은 천변 2차선 도로 바로 옆에 자리하고 있다. 하천물이 도로 밑 하수관을 가로질러 논으로 흘러든다. 그런데 지형 때문에 하천 수위가 낮아지면 물 대기가 쉽지 않다. 그런 때는 바닥을 박박 긁어내는 등 하천 쪽 수위를 조금이라도 높여주어야 한다. 석수 씨는 환갑을 한참 지난 나이에도 그 작업을 위해 수문 구조물을 풀쩍 뛰어넘는 '노익장'을 과시해 사람들을 놀라게 한다.

물을 못 잡으면 작업자하고도 신경전을 벌여야 한다. "로터리 치려고 하는데 물이 너무 없어요, 빨리 물 좀 잡아주세요." "잡는다고 잡는데 수량이 시원치 않아서…" 사정을 뻔히 알면서 어쩔 수 없이 재촉하는 이도, 뾰족한 수가 없는 이도 답답하긴 매한가지다.

그나마 이 정도는 양반인 경우도 있다. 너멍굴에서 다랑논 다섯 마지기를 부치는 고니 씨의 경우는 관개수로는커녕 관정도 없는 극도의 악조건이다. 오직 빗물을 가둬두는 작은 둠벙이 유일한 수원이다. 강수량이 적으면 큰 어려움을 겪는다. 가뭄이 몹시 심해 세 다랑이 가운데 두 다랑이는 농사를 포기한 해도 있었다.

설령 천수답이 아니라도 이즈음 비만큼 반가운 손님이 없다. 신경이 온통 일기예보에 집중된다. 벼두레 단톡방.

- 오늘 비 많이 안 오면 난 모내기 못할 수도ㅠㅠ

- 오늘 비가 꽤(!) 올 거라는 예보가 있네요^^

- 예보로는 정오부터 온다는디··· 어쩔랑가?

- 비나이다! 비나이다! 비 좀 와라 비나이다!

- 아이고~ 기우제 지내야겠네!

시원하게 내리는 빗줄기를 배경으로 깐 음악이며, 비가 흠씬 내리는 동영상, 사진 따위가 줄줄이 올라온다. 그 덕분일까?

- 여기 전주 쪽인데 막 내리기 시작했어요!

- 고산도··· 오래! 오래!! 오래!!!

- 석수, 고니 형님! 내 온라인 영발로 해갈했으니 오
  늘 저녁 술 사슈!

- 술? 사다마다! 전주 와 있는데,
  여긴 비가 시원찮아서 아직은 조마조마해.

- 여긴 제법 오고 있으니 걱정 붙들어 매슈~

- 비 옹께로 겁나 기분 좋아부네유~
  지는 아부지랑 집에서 막걸리~

- 그럼, 시간 되시는 분들 7시에
  고산호프에서 보는 걸로요~

아무튼 극한 상황이 아니라면 어찌어찌 물을 잡아 써레질을 마치게 된다. 그리고 사나흘 뒤에는 모내기에 들어간다.

05

두렛일의 절정
모판 나르기

누가 뭐래도 벼농사의 꽃은 모내기다. 생각해보라. 나락모를 한 포기 한 포기 논배미에 꽂아 넣는 그 엄청난 노동을. 그분이 뿌리를 내려 새끼를 치고 무럭무럭 자라 포기마다 매달린 수천 개 낱알이 마침내 쌀로, 밥으로 변신하는 자연의 놀라운 섭리를. 이게 실은 모내기 덕분임을 아시는지.

모내기 자체는 엄청난 일손이 필요하지만 직파재배보다 제초가 훨씬 쉽고 소출이 훨씬 많은 혁신적인 농법이다. 우리나라에는 고려 말~조선 초에 도입됐지만 여러 사정으로 조선 후기에 이르러서야 일반화한 것으로 기록돼 있다. 하지 즈음까지 짧은 기간에 모내기를 마쳐야 하므로 끌어낼 수 있는 노동력을 총동원

할 수밖에 없다. '모내기 철에는 고양이 손도 빌린다'는 속담이 결코 빈말이 아닌 셈이다.

온 동네 젊은 일꾼들이 한자리에 모이니 분위기가 후끈 달아오른다. 자연스레 흥이 오르고 동네잔치가 벌어진다. 그럴 수밖에 없는 게, 어미가 모내기 두레에 나선 아이들 끼니는 누가 챙겨주나. 그러니 점심, 새참 때가 되면 동네 아이들이 우르르 몰려드는 건 당연하다. 모내는 집은 그런 형편을 감안해 밥과 찬거리를 넉넉히 차려낸다. 이런 판이니 두레 풍물이 아니 울리고, 막걸리 몇 잔에 소리 한 자락 아니 뽑을 수 있겠는가.

그러나 이젠 다 지난 얘기일 뿐이다. 요즘도 이런 모내기를 한다면 반드시 그 앞에 '손' 또는 '줄'을, 뒤에는 '체험'이라는 말을 덧붙여야 한다. 벼두레가 단오잔치 때 시범경기처럼 선보인 바로 그것 말이다. 그런 게 아니면 이젠 꿈도 꿀 수 없게 되었다. 손도 없고, 줄도 없기 때문이다. 무엇보다 사람이 없다. 손과 줄과 사람이 있던 자리에는 이앙기라는 이름의 기계가 들어섰다. 모내기의 주인공은 바로 그 기계다. 사람은? 그 기계에 모판을 대주는 보조 노릇을 할 뿐.

결국 모판이 핵심이라는 얘기가 되겠다. 그새 먼 길을 돌아왔으니 모판이 지금 어디 있는지 좌표를 찾아보자. 맞다. 모판은 지금 못자리에 가지런히 앉혀 있고 볏모가 다 자라 떠날 날을 기다리고 있다. 어디로? '본답'이라 불리는 논배미로. 지금 논갈이—로터리—써레질이 끝난 상태니 사나흘 뒤엔 옮겨갈 수 있다. 어떻게? 알라딘 담요처럼 모판 스스로 날아서? 에이, 그럴 리가.

가장 힘든 일은
릴레이 방식으로

모판을 나르는 일 역시 사람들 몫이다. 그런데 이게 또 만만치가 않다. 몇십, 몇백 판 정도라면 그리 어려울 것도 없겠지만 물경 2000판이 넘는 양이다. 게다가 볏모가 훌쩍 자라면서 모판 하나의 무게가 5킬로그램에 가깝다. 그걸 반경 6킬로미터에 흩어져 있는 논배미로 옮긴다고 생각해보라. 감이 잘 잡히지 않을 테니 먼저 간단히 헤아려보자. 그 먼 거리를 모판 네댓 개씩 들어 나를 순 없는 노릇이니 트럭으로 운송할 수밖에 없다. 1톤 트럭 짐칸에 실을 수 있는 양은 많아야 100판이다. 적어도 스무 번 넘게 왕복해야 한다는 계산이 나온다. 이 정도면 얼추 짐작이 가려나?

모판 나르기는 실상 벼농사에서 가장 품이 많이 들고 에너지 소모가 많은 작업이다. 트럭으로 운송하는 과정을 빼고는 모든 공정을 오직 근육의 힘으로 해치워야 한다. 모판 하나마다 예닐곱 번은 손길을 거치게 된다. 그래서 가장 많은 일손이 필요한 작업이기도 하다.[*]

아침 일찍 벼두레 회원들이 어우마을 모정으로 하나둘 모여든다. 아침을 거른 이들을 위해 떡과 김밥, 컵라면 따위 먹거리가 준비돼 있다. 고된 작업이 예정돼 있으니 속을 든든히 채워야 한다. 다른 두렛일과 견줘 멀리까지 움직이고, 작업이 분산돼 집중이 쉽지 않다.

모판 운송에는 트럭 2~3대가 투입되므로 일련의 작업이 동시다발로 진행된다. 모판을 떼는 조, 트럭까지 나르는 조, 상차조, 하차조가 저마다 따로 움직이는 것이다. 때문에 다른 두렛일과 달리 조 단위로 휴

---

[*] 못자리에서 모판을 떼어내는 일부터 간단치 않다. 볏모가 뿌리를 내리기 때문에 모판을 뜯어내자면 허리와 팔, 손아귀의 근육이 작동한다. 떼어낸 모판은 못자리 밖에 세워둔 트럭 짐칸으로 옮겨 싣는다. 양손에 한 판씩 들고 첨벙첨벙 나르거나 부직포로 '뗏목'을 만들어 한 번에 수십 판씩 끌어 나른다. 일꾼이 많으면 줄을 서서 릴레이 방식으로 해낸다.

트럭에 모판을 4층으로 쌓으면 적당한 높이가 된다. 상차작업이 끝나면 운전자를 포함한 하차작업조 셋이 논배미로 향한다. 도착해서는 물이 차 있는 논배미 가장자리에 모판을 내려 담가 둔다. 해당 논 경작자가 하차조와 동행해 모판 놓을 위치를 지정해준다. 진입로가 좁거나 험해 트럭이 가깝게 접근할 수 없는 경우 들어서 날라야 하므로 하차조 인원을 늘린다.

식을 하거나 새참을 먹는다. 아무래도 하차조에게 부담이 쏠리는 듯하다.

"이거 뭐여~ 언놈은 쎄가 빠지는데 언놈은 들놀이 나왔구만."

몇 차례 하차작업을 다녀온 맹수 씨가 푸념을 늘어놓는다. 물론 악의 없는 농담이다. 그래도 작업이 벅찬 건 사실이다. 뚝방길 아래 높이 자란 수풀을 헤치고 논배미에 모판을 내려놓거나 트럭이 닿지 않는 논두렁을 따라 네댓 판씩 들고 오가다 보면 땀으로 범벅이 된다. 가뜩이나 이날따라 불볕더위가 맹위를 떨치고 있다.

"확실히 두레작업 중에서는 모판 나르기가 개중 제일 힘든 것 같네요."

이를 지켜보던 벼두레 총무 야호 씨가 헛헛한 표정을 짓더니 점심 먹고 하자며 사람들을 불러 모은다. 다들 힘에 겹던 차라 표정이 확 살아난다. 점심시간이 돼서야 모두가 한자리에 모였다. 오늘 작업 인원은 시골살이 체험 프로그램에 참여하고 있는 청년 넷까지 해서 서른 명을 웃돈다. 엄청난 인원이다. 두렛일 점심 메뉴는 역시 만만한 비빔밥이다. 이번에도 막동이표 막걸리가 한몫 톡톡히 한다. 역시 두렛일에는 먹는 즐거움이 빠질 수 없다.

"뒤풀이 맥주는 코끼리가 쏠게요"

다시 작업이 시작되고 두어 시간 남짓 지나 못 자리 배미에 꽉 들어찼던 모판은 모두 사라졌다. 이제 멍석망을 걷어낼 차례. 본디 햇볕에 나락을 말릴 때 밑에 까는 물건인데 볏모의 뿌리가 논바닥에 깊이 박히지 않도록 두둑에 깔아뒀던 것이다. 진흙밭에 눌어붙어 걷어내기가 쉽지 않다. 망 하나에 서넛이 달라붙어 끌어내야 한다. 얼핏 보면 고기 그물을 걷어 올리는 모양새다. 모판 나르는 동안 이미 체력이 바닥난 상태라 그야말로 젖 먹던 힘까지 짜낸다. 6시 가까워 작업이 모두 끝났다. 다들 모정 둘레에 털썩 주저앉아 퍼졌는데 그 와중에도 꼼꼼하기로 소문난 영철 씨는 주변에 널린 플라스틱병이며 깡통 따위 쓰레기를 재활용봉투에 주워 담는다.

오늘 하루 기력을 탕진했으니 읍내 맛집에서 걸진 저녁으로 원기를 보충하기로 했다.

"나는 닭도리탕!"

"저는 어죽이요!"

"죽을 거 같아. 몸보신해야 돼. 장어 먹고 싶다."

여기저기 난리가 났다. 허기지던 판이라 마파람에게 눈 감추듯 뚝딱 저녁밥을 해치운다. 아직도 뭔가 허전한 표정들이라 호프집으로 자리를 옮겼다. 시원하게 목을 축이는 동안 단톡방에 올라온 현장 사진이 화제에 올랐다. 모판 릴레이 작업 줄에서 잔뜩 찡그린 표정을 짓고 있는 하하 씨가 오늘의 포토제닉으로 뽑혔다.

자리를 파할 무렵 흰 봉투 하나가 개봉됐다. 올해 처음 벼두레 경작자로 합류한 코끼리유치원 원장 엄지 씨가 건넨 것이다. 바쁜 와중에 틈을 내 작업현장에 잠깐 들렀다가 맡기고 간 것이다. 야호 씨가 겉면에 적힌 글귀를 읽고 나자 박수와 환호가 터져 나왔다.

'코끼리 꼬마 농부들 끼워주셔서 고맙습니다. 오늘 뒤풀이 맥주는 코끼리가 쏠게요~'

06

**벼농사의 꽃!
모내기**

＊

모판을 나른 다음 날부터 모내기가 시작됐다. 이미 얘기했다. 그 옛날 온 동네가 들썩이던 시절은 그만 잊으시라고. 요즘 모내기는 '고요 속의 외침'처럼 그저 싱겁기만 하다. 이앙기 운행자와 보조역 단 둘이서 하는 따분한 작업. 작업자가 이앙기를 운행하는 사이 보조역은 우두커니 지키고 있다가 탑재된 모판이 떨어지면 대주거나 모자라는 모판을 조달하는 따위 심부름을 맡는다. 음료나 간식거리를 사 나르는 일도 보조역 몫이다. 손 모내기 시절의 걸진 들밥과 새참은 더는 떠올리지 마시라. 여느 때처럼 읍내 식당에 가서 사 먹는 밥에 빵과 음료로 때우는 새참. 나흘 동안의 심심한 '잔치'는 그렇게 끝이 났다.

그래도 2만 평 농사, 서른 명이 하는 모내기인데 사연이 없을 수 없다. 농사로 잔뼈가 굵은 고산 토박이 은호 씨가 벼두레 경작지를 도맡아 이앙기를 운행한다. 벼두레 회원은 아니지만 기계를 잘 다뤄 애걸하다시피 작업을 맡겨온 지 10년이 다 돼 간다. 과묵한 성격이지만 이제 손짓과 표정만으로도 뭘 주문하는지 짐작할 수 있는 정도가 되었다. 논배미마다 바뀌는 경작자를 보조역으로 나흘 동안 지구전을 펼치는 은호 씨. 그가 느닷없이 폭탄선언을 했다.

"이젠 나도 내일모레가 환갑이라 이앙기 작업이 벅차네요. 올해까지는 해드릴 테니까 내년부터는 다른 분을 찾아봐요."

여러 차례 읍소를 해봤지만 요지부동, 이미 마음을 굳힌 모양이다. 걱정이 태산이지만 갈 길이 구만리니 언제까지 입씨름만 하고 있을 순 없는 노릇이다.

그런데 벼두레 회원 가운데는 이런 사정과 상관없는 사람이 하나 있다. 둘뿐인 '전업 농업인' 가운데 한 명인 수철 씨다. 수철 씨는 소(한우) 키우는 게 주업이고 사육두수가 2~300마리를 헤아려 '축산재벌'로 통한다. 열댓 마지기 짓는 논농사는 곁다리인 셈이다. 나하고 다르게 이런저런 농기계를 잘 다뤄 이앙기 운행쯤은 식은 죽 먹기다. 해서 자기네 모내기는 벼두레에 앞서 손수 해치운다.

어쨌거나 벼두레 작업상황은 단톡방을 통해 현장 사진과 함께 실시간으로 중계되고 필요한 정보와 작업지침이 전달된다.

> 올해 모내기 안개 낀 서봉에서 출발~. 써레질했던 순서로 진행합니다. 서봉 > 원산 > 어우 > 샘골 > 너멍굴 > 죽산 > 못자리 배미. 기타 미세조정

저물녘 해가 비치는 안밤실의 전원풍경 사진이 오르는가 싶더니 얼마 뒤 이앙기 전조등을 켜고 야간작업하는 장면이 올라온다. 첫날 스물세 마지기(4600평) 모내기가 그렇게 끝이 났다. 곧이어 단톡방에 다음날 작업일정이 뜬다.

> [작업지침] 어우 3인방과 샘골 지구는 내일 이른 아침에 논에서 물을 빼주세요. 입수구는 막고, 물꼬는 트고~

손 모내기 하는
청년과 아이들

샘골 지구에는 절반이 넘는 벼두레 경작자가 몰려 있다. 경지 정리가 안 된 작은 다랑논이 다닥다닥 붙어 있어 한 배미 심는 데 채 한 시간도 걸리지 않는다. 경작자들이 차례를 기다리다가 이앙기 보조역을 해낸다.

그런데 샘골 한편 림보책방팀 배미에는 색다른 풍경이 펼쳐지고 있다. 열 명 남짓한 청년들이 두 마지기 논에 못줄을 띄우고 손 모내기를 하고 있는 것. 여기 경작자는 올해로 2년째를 맞는 통통, 메이, 민정 씨 셋이다. 림보책방은 완주군의 위탁을 받아 운영하는 청년문화공간으로 이들 셋은 그곳 운영자다. 나머지는 함께 '손맛'을 보려고 찾아온 지인들. 이앙기가 논을 돌아다니는 모습을 멍하니 바라만 보는 게 마땅치 않고 여럿이 모여 농사짓는 재미를 느껴보고 싶어 손 모내기를 하게 됐단다. 지난해 수확한 쌀 가운데 밥 지어 먹을 분량을 남기고는 떡을 해서 노인복지센터 등에 돌렸고 올해는 고마웠던 이들과 나눌 예정이다.

다음날은 코끼리유치원이 못줄을 넘겨받아 손 모내기에 나섰다. 전주 시내에 자리 잡고 있으면서 10년 넘게 벼농사 체험학습을 이어 오는 곳이다. 지난해까지 해오던 논배미에 사정이 생기는 바람에 다른 곳을 물색해왔는데 마침 벼두레와 인연이 닿아 샘골에 한 마지기 체험답을 마련한 것. 모내기 체험만 하는 게 아니라 볍씨 담그기부터 방아 찧기까지 벼농사의 모든 공정을 두루 겪어보도록 하고 있다. 농사짓는 일이, 한 알의 곡식이 내 입에 들어오기까지 그 과정이 얼마나 대단한 것인지를 일깨우자는 취지라고 한다.

쉰 명 가까운 아이들이 논배미에 몰려들었다. 교사들의 세심한 지도와 배려에 따라 모내기를 한다. 큰 아이들은 논배미에 들어가 손수 모를 낸다. 고사리 같은 손으로 벼포기를 꼼지락꼼지락 꽂아 넣는 모습이 앙증맞기만 하다. 어린 아이들은 논 위 뚝방길에 늘어서서 언니들이 모내는 모습을 유심히 지켜본다. 그 눈빛이 어찌나 똘망똘망한지.

그래도 아이들은 아이들이다. 모내기를 마친 논배미를 둘러보니 심어 놓은 모포기가 삐뚤빼뚤, 움퍽짐퍽 제멋대로다. '무질서의 미학'이라고나 할까. "저래 보여도 아이들 기운을 받아 소출이 더 많다"고 엄지 씨는 자신한다.

어쨌거나 사라져가는 손 모내기가 벼두레 안에서 젊은이와 아이들 손으로 두 번이나 되살아나니 여간

반갑지 않다. 때를 같이 해 기계 모내기도 막판으로 치닫고 있다. 먼저 모내기를 마친 이들이 후발주자들 논에 새참을 들고 찾아와 응원을 하기도 한다.

바로 그즈음, 잊을 만하면 '뜬금포'로 사람들 배꼽을 빼놓곤 하는 맹수 씨가 단톡방에 '한잔 마시고 하는 넋두리'라며 역시 뜬금없는 장문을 하나 올렸다. 전기업을 하면서 샘골에서 두 마지기 농사를 짓는데 어제 모내기를 마친 상태였다.

오늘은 닭장에서 병아리 두 마리 탈출.
며칠 전에도 탈출해 가볍게 잡아넣었는데
오늘은 친구까지 데리고 가출.
어젯밤엔 잠까지 설쳤는데
아침부터 부산을 떨어 결국 한 마리는 체포.
모내기 준비한다고 며칠을 논배미에 매달리는 바람에
업무가 많이 밀려 나머지 한 마리는 포기하고 일단 출근.
한 달 전 요양원에 모신 치매 걸린 어머니가 본인
핸드폰으로 전화를 걸어와 "누가 내 핸드폰 가져갔으니
당장 찾아오라"며 화를 버럭.
밀린 업무 겨우 마치고 퇴근길 논에 들렀더니 물이 넘치는
바람에 부실한 논둑이 무너지려 해 임시조치.

집에 돌아와 있자니 아차! 병아리.

이놈이 워낙 빨라서 이리 뛰고 저리 뛰고 30분을

헤매다 어부인에게 도움을 청했는데

진안에 가서 점심도 굶고 일하다가 벌레에

눈꺼풀을 쏘여 팅팅 부어있고.

"병아리가 한 번 나왔으면 구멍을 단단히 막았어야지

왜 그냥 뒀느냐"고 타박만.

달걀은 지가 다 먹으면서 말이지.

　　여기저기 키득거리는 소리가 귀에 선하다. 잠시 뒤
이에 맞장구치는 조팝 씨의 '문학비평'이 올라왔다.

　　맹수 씨의 글에서는 그가 저녁 밥상에서 섭취했다는
알코올이 느껴지지 않는 단아한 서사가 담담히 흐른
다. 미사여구나 과장이 보이지 않으면서도 평소 그가
좌중의 배꼽을 움켜쥐게 만들던 해학이 살아 꿈틀거
린다. 건조한 어귀에 알뜰히 깃든 위트의 맛이라니!
수년 전 벼두레 톡방의 이야기판을 책임지던 오밀조밀하
고 친절한 글쟁이, '너멍굴 다섯 마지기' 고니 씨의 글
에서 느껴지던 막둥이체 귀여운 어조와는 대비되나 읽
는 이로 하여금 입가에 미소를 넘어 만화책이 주는 폭소

이상을 선사하는 점에서는 일맥상통한다 하겠다.

실은 이 두 사람 모두 국문학 전공자다. 이 만만찮
은 글솜씨는 다 내력이 있었던 셈이다.

네 일 내 일 따지지 않는
마음들이 이루어낸 역사

벼두레 회원들이 모내기를 모두 마치는 데는
대략 나흘이 걸린다. 별일이 없으면 이렇듯 '노닥거리
는 가운데' 작업을 이어갈 수 있다. 그러나 뜻하지 않
게 큰 사달이 나는 경우는 얘기가 달라진다. 가뭄이
들었던 어느 해인가는 저수지 수문 조절장치가 고장
나는 날벼락을 맞았다. 저수지 물을 받아 안밤실 열댓
마지기 논을 삶아야 하는데 그 물을 쓸 수 없게 된 것.
수문을 고치려면 용접을 해야 하는데 물이 가득 차 불
가능하다는 거다. 가득 고여 만수위를 이룬 저수지 물
을 그저 바라볼 수밖에 없는 상황이라니.

다른 논배미는 이미 모내기가 시작되었는데 이 구
역은 아예 모를 낼 수 없을지도 모를 상황에 내몰린
것이다. 고심 끝에 궁여지책으로 면사무소에서 대형

양수기 2대를 가져다 저수지 물을 뿜어 대기로 했다. 전기가 닿지 않는 곳이라 엔진 양수기를 동원했는데 휘발유를 한 번 채우면 두 시간 동안만 돌아가는 기계라 수시로 휘발유를 공급해줘야 했다. 그 와중에도 다른 배미 모내기를 멈출 수 없으니 양쪽을 오락가락. 몸이 몇 개라도 모자랄 판이다. 심지어 주유원의 실수로 휘발유 대신 경유를 넣어주는 바람에 양수기가 작동을 멈추는 사고까지. 엎친 데 덮친 '참말로 폭폭헌' 상황이었다.

이 소식이 단톡방에 전해지자 "뭐 도울 일 없느냐?"는 전화가 빗발쳤다. 누구는 이앙기 보조역을 대신 해주고, 누구는 고장 난 양수기를 바꿔 오고. 도움의 손길이 이어졌다. 하다못해 저수지 쪽으로 '기'를 모아주기까지. 그 덕분에 안밤실 열댓 마지기도 극적으로 써레질에 들어갔고 안밤실 구역은 마지막 순서로 모내기를 마칠 수 있었다.

무엇보다 벼두레의 위력이 아니고는 설명할 수 없는 결과였다. 써레질이 늦어지는 바람에 모내기 순서가 헝클어졌지만 모두가 내 일 네 일 따지지 않고 나서준 덕분이다. 그야말로 천신만고 끝에 이루어낸 역사. 지금도 모내기에 어려움이 닥치면 그때 일이 떠오른다.

모내기가 끝났으니
파티를

다시 모내기 현장, 이윽고 마지막 날이 밝았다. 죽산과 못자리 배미가 남았다. 어쩌다 보니 모판이 부족하여 급히 다른 농가에서 남은 물량을 조달해 얼추 맞출 수 있었다. 모내기 마지막 순서는 찰벼를 짓는 못자리 배미. '올해 모내기 엔딩'이라는 제목이 붙은 20초짜리 동영상이 단톡방에 올라왔다. 이앙기가 모내기를 끝내고 논배미 밖으로 빠져나오는 순간을 담았다. 축하와 격려를 담은 짧은 메시지가 이어진다. 대부분 벼농사를 짓지 않는 회원들이다.

- 고생 많으셨습니다!
- 애썼네~
- 수고 많으셨네요
- 엔딩 축하해요^^
- 벼두레 짱짱짱!!!
- 참말로 고생하셨고 즐거운 소풍처럼 잘 보았습니다
- 출발이 좋으니 대풍으로 마무리까지~

:
:
:

한없이 이어지는 멘션 사이를 비집고 벼두레 총무 야호 씨가 안내문을 올렸다.

〈벼농사두레 집행부에서 알려드립니다〉
올해 볍씨 염수선부터 볍씨 파종과 못자리 작업 및 모 딴 나르기, 그리고 모내기까지. 벼농사두레 공동작업이 무사히 완료되었음을 자축하고, 풍년을 기원하는 '뜨락 잔치'를 개최합니다. 벼두레 회원 모두가 참석해 주시 기 바랍니다.
☆ 일시 : 6월 18일 저녁 7시
☆ 장소 : 소금바우 잔디마당
☆ 준비 : 식사류, 반찬, 술, 음료, 간식/안주 등

　지난해부터 모내기를 마치고 여는, '가든파티'로 통하는 잔치판이다. 볍씨 담그기부터 모내기까지 한 달 보름 동안 펼쳐진 대장정이 '벼농사의 꽃'이라 할 모내기를 끝으로 마무리되었으니 그냥 넘어갈 수 없 음은 두말할 나위가 없다. 많은 이들이 선뜻 품을 내 주고 그야말로 물심양면으로 도와준 덕에 힘겨운 작 업을 느긋하게, 그리고 즐겁게 헤쳐 올 수 있었다. 서 로의 노고를 위무하는 자리이자 시골 공동체로서 벼 두레의 가치를 확인하는 자리이기도 하다.

경작자들만의 잔치가 아니다. 현역 경작자는 물론이고 이제는 물러선 왕년의 경작자, 잠재적 경작자까지. 경작과 상관없으면 또 어떤가. 벼농사의 가치를 함께 나누는 것만으로 모두가 '도반'이라 하겠다. 그러니 뜨락잔치는 그저 동네잔치인 셈이다.

소금바우는 내가 사는 마을 이름이면서 우리 집을 가리키는 별칭이기도 하다. 마땅한 장소를 찾지 못하는 경우 우리 집에서 벼두레 행사를 곧잘 여는 편이다. 밥과 국, 술과 음료는 집행부에서 준비하고 나머지 먹거리는 저마다 준비하는 것으로 했는데 숯불갈비에 오리고기, 오징어순대, 떡볶이, 꼬막, 감자전, 샐러드, 수박… 다들 바리바리 싸 들고 와서 산해진미가 순식간에 차려졌다.

'가든파티' 이름값 한답시고 장작불 피워 바비큐 그릴에 숯불 채우고 고기를 굽고, 조개를 구웠다. 야외등이 불을 밝히고, 연기가 모락모락 피어오르고, 술잔이 몇 차례 오가면 흥취도 따라 오르게 마련이다. 엄마 아빠를 따라나선 아이들도 저희들끼리 무궁화꽃이 피었네, 숨바꼭질이네 신이 났다.

마침 '추니오빠' 희춘 씨가 자리를 함께했다. 전주 일원을 무대로 대중음악 활동을 하는 뮤지션인데 얼마 전 벼두레 회원으로 가입했다. 일행의 열띤 박수와 환호에 응해 특별공연이 펼쳐진다. 두어 곡을 부르고 나자 희춘 씨는 자연스레 '악사'로 변신하고 '떼창'이 이어진다. 흥겨운 노랫소리가 초여름 밤하늘에 울려 퍼진다. 급기야 흥을 주체하지 못한 사람들이 이번에도 〈바위처럼〉에 맞춘 '떼춤'으로 '광란의 밤' 대미를 장식한다. 서른 명이나 되는 사람들이 내지르는 목소리가 산자락의 밤공기를 가른다.

한편 이날 야외 테이블 한편에는 완주지역을 기반으로 하는 월간지 〈완두콩〉 6월호(제106호)가 10부 남짓 쌓여 있었다. 타블로이드판 32쪽짜리인데 이번 호는 벼농사두레를 특집으로 실었다. 표지는 물론이고 10쪽에 걸쳐 벼두레 활동을 자세히 다뤘다. '더불어 짓는 농사의 즐거움' '벼농사두레 한 해 살이' '모내기가 동네잔치이던 때가 있었다' '손 모내기 한 림보 책방팀' 같은 기사와 함께 벼두레 회원들 인터뷰와 화보 등으로 꾸며져 있다. 취재팀을 따로 꾸려 볍씨 담그는 날부터 모내는 날까지 농사현장을 발로 뛰어 엮어냈다고 한다.

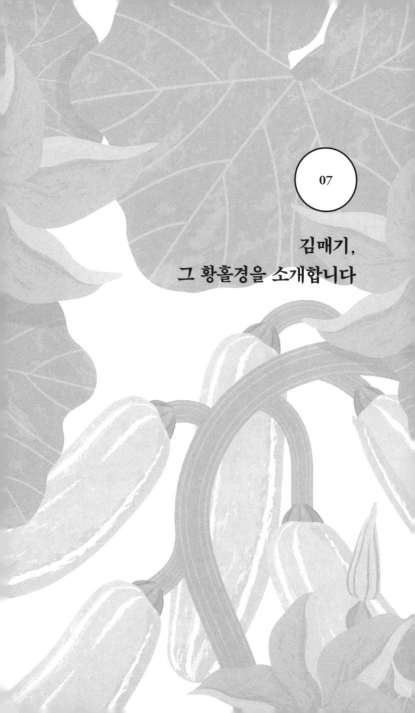

07

김매기,
그 황홀경을 소개합니다

잔치가 끝나면 다시 평온한 일상이 펼쳐진다. 뭔가 아쉬움이 남더라도 잔치야 또 판을 벌이면 그만이니 미련 둘 일이 아닌 거다. 가든파티 다음날, 단톡방에는 어김없이 필요한 농작업을 알리는 공지가 떴다.

[작업지침] 오늘로 모내기한 지 7일~14일이 지났습니다. 이제부터 본격적으로 모를 때워주셔야 합니다. 올해는 특히 모판을 나르는 과정에서 모를 적잖이 빠뜨렸고, 이앙기 문제로 결주(모가 빈 곳)도 상당합니다. 하나둘 정도의 결주야 넘어가도 되지만 세 곳 넘게 빈 곳은 때워주는 게 '마이크로농'의 기본자세 되겠습니다. 땜

빵용 모판은 못자리 배미에 준비돼 있습니다.

자, 힘들 내시기를!

벼농사가 기계화되면서 손으로 할 수 있는 일이라고 해봐야 모 때우기(뜬 모 잡기)와 김매기가 고작이다. 기계가 끼어들면 노동의 '낭만'이 사라질 수밖에 없고 몸을 놀리는 '본연의 즐거움'을 느끼기 힘든 게 사실이다. 그 점에서 모 때우기나 김매기는 우리에게 특별한 경험을 안겨준다.

모 때우다 삼매경에 빠져들다

'드넓은' 논배미에 물장화를 신고 들어서면 바로 그 순간부터 농부는 '물의 나라'에 갇히게 된다. 홀로 물속에 갇히면 할 게 뭐가 있겠는가. 손은 손대로 놀리면서 머릿속은 무한한 자유의 세계를 떠돌게 되어 있다. 그래, 이 생각 저 생각, 온갖 상념의 바다에 풍덩 빠지는 것이다. 결국은 자기마저 잊게 되는 몰아의 경지, 삼매경에 접어드는 거다. 그 경지를 느껴보고 싶은가? 모를 때우시라, 김을 매시라.

사실 웬만한 규모로 벼농사를 짓는 농가는 여간해서 모를 때우지 않는다. 제대로 하자면 끝이 없어 시간이 많이 걸리는데 소출(소득)이 들인 품에 미치지 못한다. 한마디로 가성비가 떨어지니 그 시간에 차라리 다른 일을 하는 게 경제적이기 때문이다. 그래서 워낙 심하다 싶은 곳만 때우고 만다.

하지만 벼두레 회원들은 사정이 다르다. 고작 한두 배미 농사인데 한 톨이라도 더 건지자면 꼼꼼히 때워줘야 마땅하다. 들이는 시간과 품이라고 해봐야 얼마 되지 않기 때문이다. 벼두레 작업지침에 담긴 '마이크로농의 기본자세'는 이를 말하는 것이다. 이 지침에 충실하게 모를 때우던 고니 씨가 어느 날 그 '고달픔'을 단톡방에 전했다.

황창고에서 자고 일어나 땜빵하다 땜빵하다 배가 고파서 라면 하나 끓여 먹고 다시 땜빵을 합니다. 힘든 일을 겪어야 시가 나온다고 그러던데, 또 시 한 수 나오네요. 시인 안 돼도 좋으니 시 쓸 수 없었으면 좋겠어요~

이것은 땜빵이 아니다 ─황고니

이것은 파이프가 아니다
유럽의 어느 화가
담배 파이프
그려놓고 한 말이다.

이것은 땜빵이 아니다
소금바우 차남호
샘골 죽산
땜빵하고 한 말이다.

모내고 땜빵하니
즐겁지 아니한가
공자님 논어 말씀
천만의 말씀일세

영철이 씨 뿌리고
조팝이 물 뿌리고
하하 호호 알콩달콩
모판 작업 신났는데

모내기하고 보니

여기 등성 저기 썰렁

모판이 잘못됐나

써레질이 잘못됐나

이것은 땜빵이 아니다

절대로 아니다

남호 말대로

이것은 손 모내기다.

장마철에 논바닥이 드러나는 이유

　한편 올해는 전국귀농운동본부에서 운영하는 〈봇따리 농촌학교〉 프로그램 일부를 벼두레에서 맡게 됐다. 예비 귀농인들이 참여하는 2박3일의 농사 탐색 과정인데 그 가운데 1박2일을 벼두레에서 진행한 것. 유기농 벼농사에 대해 안내한 뒤 모 때우기 체험을 하는 것으로 내용을 짰다. 참가자들이 대부분 20대라 조심하고 섬세하게 다가가야 했다. 보고 듣고, 궁금한 점을 캐묻는 모습이 무척이나 진지하다. 한 시간 동안, 뙤약볕 아래 모 때우기를 체험하는 실습을 했다. 참가자들은 벌겋게 상기된 채 땀을 뻘뻘 흘리며 "농부님들 참 대단하세요!"를 연발하면서 다음 실습지를 향해 떠났다.

모를 다 때우고 나면 잠시 짬이 난다. 이때쯤 해서 상반기 농자재비와 작업(대행)비를 결산해 분담금을 걷게 된다. 자재비의 경우 멍석망, 부직포 구입비는 두레 재정에서, 상토와 볍씨 값은 해당 농가가 부담한다. 때문에 벼두레 경작자가 분담하는 자재비는 제초용 우렁이 값이 사실상 전부다. 우렁이에 대해서는 나중에 자세히 살펴보겠지만 양식업자가 배달해주고 모내기 직전에 논배미에 풀어 넣는다. 작업비는 트랙터 작업비(논갈이+로터리+써레질)와 이앙작업비(임대료 포함)로 나뉜다. 이를 모두 합산해 '레저농' 경작자가 부담하는 비용은 수십만 원이다.

이즈음은 6월 하순으로 보통은 장마철로 접어들게 된다. 기후변화 탓에 어마어마한 양의 비가 그것도 불규칙적으로 내린다. 모내기 뒤로 물을 흠씬 대줘야 하는데 장마철이라 해서 마냥 이로운 게 아니다. 달포 전까지만 해도 가뭄으로 속이 타들어 갔는데 이젠 거꾸로 큰물이 날까 걱정이다. '지리한' 장마가 이어지면 일조량이 모자라 작황이 나빠지고 병충해가 번지기도 한다. '사람 마음이란 게 참 간사하다'는 말이 딱 들어맞는 경우라 할 수 있지만 그래도 어쩌란 말인가.

가뭄 때는 '온라인 기우제'로 비와 물을 연상시키는 온갖 영상자료가 단톡방에 올라왔는데 이번엔 '온라인 기청제'다. 뽀송뽀송한 이미지부터 그 옛날 '물 먹는 하마' 광고영상 따위가 줄줄이 올라온다. 그러지 말고 만나서 술잔을 놓고 '오프라인' 제사를 지내자는 누군가의 제안에 호응이 쏟아진다.

한편 예상치 못한 큰비가 느닷없이 내리면 되레 논배미에 물이 쫙 빠져나가는 수도 있다. '장마에 논바닥 말린다'는 속담은 이를 두고 하는 얘기다. 집중호우로 논배미 물이 갑자기 불어나면 논둑과 물꼬에 압력이 커져 논둑이 무너지거나 물꼬가 허물어지고 만다. 비가 그치고 물이 유입되지 않는 상태에서 한꺼번에 논물이 빠져나가면 바닥이 드러날 수밖에 없는 이치다. 농부들은 논둑과 물꼬를 다시 손봐야 하고 다시 큰비가 내리면 같은 짓을 반복할 수밖에 없는 처지다.

장마철에는 이런 큰물이 아니라도 수시로 비가 내려 일손을 멈추게 한다. 이런 날은 어쩔 수 없이 일을 쉬게 되는데 누군가 단톡방에다 말 그대로 수작을 걸게 마련이다.

- 비가 끊이지 않으니 하늘이 구멍 났나?

  이런 날은 그저 낮술밖에는 답이 없는데,

  언놈 하나 술 먹자는 놈도 없고…

- 진작에 곶감도 좀 사서 나눠주시고 했으면

  술 사 들고 곧 감.

- 오늘은 어렵지만 다음엔 꼭 감.

- 저는 당분간 감감무소식~

- 뭐라? 감안 안 두겠어!

- 이거 대략난감.

- 그 말에 공감!

- 니들 감감술래 하는 사이 우리는 떠마시고 감

출근하기 전 김매기를 돕는 어여쁜 일손들

사실 6월 하순이면 전통적으로 몹시 바쁜 철이라 이렇게 노닥거리고 있을 틈이 없다. 김매기로 눈코 뜰 새가 없기 때문이다. 김매기는 고단한 논농사의 상징이었다. 제초제도 없고 물대기도 시원치 않던 시절, 한여름 뙤약볕 아래 등짝이 익어가고 숨이 멎도록 김을 매던 옛 농부의 신음이 귓속을 맴돈다.

103

다 옛날애기 아니냐고? 제초제가 눈부시게(?) 발달한 이 시대에 김매기가 웬말이냐 싶을 것이다. 하지만 땅을 살리고 사람을 살리겠다는 생태농사라면 얘기가 달라진다. '화학'의 탈을 쓴 농약에서 벗어나고자 애써온 역사가 '오리 농법' '논생물 다양성 농법' 등에 담겨 있다. 이렇듯 생태 가치를 좇는 제초방식은 이제 '우렁이 농법'으로 모아지는 추세다. 물론 벼농사두레도 우렁이로 논풀을 잡는다.

제초에 쓰이는 왕우렁이는 토종 우렁과는 다른 종자다. 원산지가 열대지방인데 식용으로 들여왔다가 우연히 온갖 풀을 뜯어 먹는 속성이 발견되어 십수 년 전부터 제초에 활용하고 있다. 논물 수위를 높여 왕우렁이가 제구실을 할 수 있도록 하는 게 이 농법의 핵심이다. 물 높이가 낮으면 풀을 뜯지 못한다. 모내기 이후 한 달 남짓 물을 깊이 대는 '심수 관리'가 중요한 건 이런 까닭이다.

가뭄이 심하게 들거나 어떤 이유로 물관리에 실패하면 논풀(잡초)이 올라오는 걸 피할 수 없다. 우렁이가 처치하지 못한 논풀은 사람 손으로 뽑아내는 수밖에 없다. 오늘날에도 김매기가 '피사리'라는 이름으로 현실이 되는 건 이 때문이다. 논풀이 올라오는 정도는 해마다 다른데 보통은 가뭄이 심할수록 무성하다. 경작 면적에 따라서 몇 날 며칠을 김매기에 매달려야 한다.

사실 김매기야 '농가지상사'고 연차가 쌓인 농부에게는 중뿔날 것도 없는 일이지만 새내기한테는 사정이 다르다. 아무리 "물을 높이 대라"고 노래를 불러도 그게 어느 정도인지 가늠하지 못하고, 가뭄이라도 들면 내 코가 석 자라 살펴주기도 어렵다. 그러다가 어느 날 가보면 피가 수북하게 올라와 있는 것이다.

가뭄이 심하던 해 맹수 씨가 그랬다. 두 마지기 논배미에 피가 번져 그야말로 '피바다'를 이루고 있었다. 이런 경우 달리 손 쓸 길이 없고 손으로 매주는 수밖에 없다. 화들짝 놀라 김매기에 나서지만 새내기로서는 혼자 감당하기 어렵다. 속은 타들어 가는데 일머리가 없으니 김매기 속도는 안 나고 난감하기 짝이 없는 상황이다. 이런 경우는 어쩔 수 없이 단톡방에 SOS를 칠 수밖에 없다.

[알림] 샘골 맹수 님 논배미에 잡초가 심각합니다. 물달개비야 우렁이의 활약을 기다려본다지만, 피는 사람 손으로 뽑아내는 것 말고 방법이 없습니다. 게다가 저리 '피바다'를 이루어서는 맹수 님 혼자 감당하기 어렵습니다. 내일부터 시간과 여건이 되시는 분들 김매기 도

웅의 손길 기다립니다. 단 한두 시간이라도 좋으니 도와
주시면 고맙겠습니다.

너도나도 새벽 한두 시간씩 '온정'이 쏟아졌다. 저
마다 생업이 있으니 이 시간 말고는 짬을 내기 어려운
탓이다. 이름하여 '새벽 김매기 운동'이다. 날마다
2~3명이 나서서 함께 일손을 보태주니 며칠 만에 논
풀의 기세가 꺾여 한숨을 돌릴 수 있게 됐다.

김매기는 한편으로 '황홀경'을 맛보게 해주기도 한
다. 극과 극은 통한다고, 극단의 고통에 겨워 찾아오
는 경지라고 할까. 처음부터 그럴 수 있는 건 아니고
김을 매는 손놀림에 익숙해진 다음 얘기다. 이 점은
앞서 얘기한 모 때우기와 같은 이치인데 논바닥에 들
어서면서부터 농부는 물속에 갇히는 신세가 된다. 손
은 손대로 놀리며 이런저런 생각을 떠올리다 보면 어
느 순간 '삼매경'에 빠지고 때로는 '무아지경'에 이르
게 된다. 몇 번씩 우주를 세웠다가 허물 수 있는 절대
사유의 세계!

그러니 김매기 고된 노동에 구슬땀이 알알이 맺히
는 시절이 되면 그 황홀경에 가슴이 설레기도 한다.
새내기 벼두레 회원 가운데는 이 얘기를 곧이곧대로
믿고 그 경지를 체험하고 싶어 하는 이들이 곧잘 나타

난다. 하여 나는 우렁이가 제구실을 잘하는 해에도 이런 사람들을 위해 일부러 논풀을 기르기도 한다. '은쟁반에 하이얀 모시수건' 대신 한두 시간 거리의 '잡초구역'을 마련해 두는 것이다.

그리하여 이따금 그 황홀경을 몸소 체험해보려는 이들이 모여들곤 한다. 여성들이 많은 편이고 보통 서넛이 함께 피사리를 한다. '반 시간 넘게, 혼자서'라는 요건을 갖추지 못하니 몰입을 하려야 할 수가 없다. 그저 김매기 하는 사진에 '피 뽑는 여인들'이라는 요상한 제목으로 단톡방에 등장하는 것으로 상황은 마무리된다. 숙희 씨와 미영 씨가 그랬고, 그 이듬해에는 희주 씨와 유라 씨가 바통을 이어받았다.

더러 "김매기 한 번 해보지 않고 어디 가서 벼농사 짓네 하지 마라"는 얘기에 움찔해 김매기에 나서기도 한다. 그러께인가 고니 씨가 우리 논 피사리를 도와주겠다고 찾아와 두 시간 남짓 함께 김을 맨 적이 있다. 다섯 마지기 논농사를 짓고 있는데 어찌나 물관리를 잘했는지 논풀이 전혀 올라오지 않아 지금껏 김매기를 한 번도 해본 적 없노라 했다. 무슨 체스판 말 옮기듯 감질나게 피를 뽑다가 자기보다 서너 배 빠른 내 손놀림에 눈이 휘둥그레지는 거다.

내 논에 물 대러 갔다가
그냥 돌아온 사연

일손 나눈 얘기를 하다 보니 떠오르는 게 '농심'이라는 말이다. 지금도 그 우화가 초등학교 교과서에 실리는지 모르겠다. 우애 좋은 농부 형제가 밤중에 몰래 자기 몫의 볏단을 서로에게 넘겨주다가 어느 날 밤 딱 마주치는 바람에 얼싸안고 울었다는 이야기 말이다.

벼두레에서는 그게 옛날얘기만은 아닌 경우가 더러 있다. 샘골 맨 위쪽 두 배미는 농수로보다 지대가 높아 양수기로 물을 퍼 올린다. 두 배미에 각각 양수기를 설치해 물을 뿜는데 갈수기에는 물이 모자라 두 대 모두를 돌리기 어려운 상황이 된다.

백만 년 만에 논에 갔다. 논에 물이 말라 양수기 틀러 갔다. 농수로에 물이 쫄쫄쫄 흘러 수철이네 양수기가 겨우 물을 끌어올리고 있었다. 어쩌겠나. 수철이네 벼 마이 묵으라고 꼽았던 우리 양수기 코드를 다시 뽑고 돌아왔다.

단톡방에 올라온 조팝 씨의 '고백'이다. 수철 씨는

시스템 문제로 톡방에 접근할 수 없는 처지. 그런데 이게 다가 아니었다. 조팝 씨와 같은 배미를 함께 짓는 대찬 씨도 그보다 앞서 물 대러 갔다가 수철 씨네 사정이 훨씬 심각해 보여 그냥 발길을 돌렸다는 것.

그런 농심도 있지만 억척스러움도 빼놓을 수 없는 농부의 심성이 아닐까 싶다. 김매기를 하다 보면 늦더라도 어떻게든 한 배미를 다 끝내놓고 일을 접게 된다. 김매기를 마치면 한 해 벼농사도 사실상 끝이라는, '이것만 끝내놓으면…' 하는 기대심리가 김매기 노동의 힘겨움을 이겨내는 힘인지도 모르겠다.

돌아오는 길은 붉은 노을도 잦아들고 이미 사위가 어두워졌기 일쑤다. 그런 날은 정희성 시 〈저문 강에 삽을 씻고〉가 계속 입안에 맴돈다. 다른 때도 아니고 김매기를 하는 딱 이맘때다. 30년 넘는 세월을 건너뛰어 그 감수성이 이어진다는 사실이 신기하기만 하다.

흐르는 것이 물뿐이랴

우리가 저와 같아서

강변에 나가 삽을 씻으며

거기 슬픔도 퍼다 버린다

일이 끝나 저물어

스스로 깊어가는 강을 보며

쭈그려 앉아 담배나 피우고

나는 돌아갈 뿐이다

삽자루에 맡긴 한 생애가

이렇게 저물고, 저물어서

샛강 바닥 썩은 물에

달이 뜨는구나

우리가 저와 같아서

흐르는 물에 삽을 씻고

먹을 것 없는 사람들의 마을로

다시 어두워 돌아가야 한다

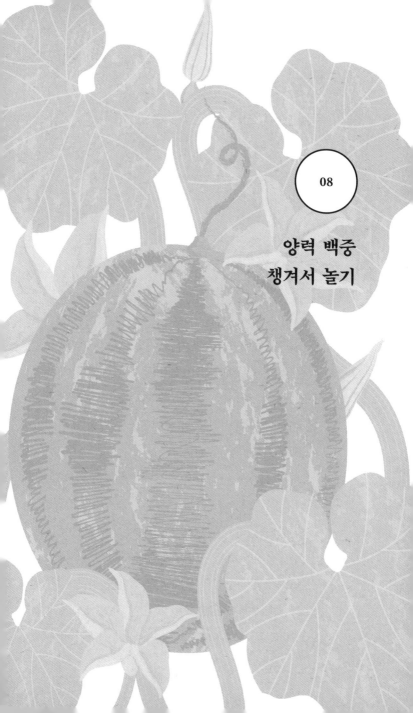

08

양력 백중
챙겨서 놀기

어쨌거나 김매기는 끝나게 돼 있고 그러면 전반기 농사는 얼추 마무리가 되는 셈이다. 또 한고비를 넘겼으니 그냥 지나칠 수 없는 노릇. 어김없이 '양력 백중놀이' 잔치판이 벌어진다. 백중이면 백중이지 양력 백중은 또 뭔가.

기왕 얘기가 나왔으니 한 걸음 더 들어가 보자. 백중(百中)은 음력 7월 15일이다. 원래 불가의 5대 명절이고 하안거를 마치는 날이기도 해서 용맹정진한 스님들 노고를 위로하는 공양에서 비롯됐다고 한다.

세간에서는 맛있는 음식과 즐거운 놀이로 힘든 일을 끝낸 농부들을 위로하는 날이다. 하여 호남과 충청 일부에서는 술과 음식을 먹인다 해서 '술멕이'라 부르기도 한다. 전통 농경사회는 벼농사가 중심이었으니 그와 연관이 깊기도 하다. 호미 한 자루 들고 세 번이나 김매기(세벌매기)를 하던 시절이고 이때쯤 김매기가 모두 끝난다. 이 힘겨운 노동에서 벗어나 호미를 씻어 걸고(호미씻이, 호미걸이) 음주가무를 즐겼던 것이 바로 백중놀이다.

벼두레의 양력 백중놀이 또한 이런 전통에 잇닿는다. 다만 잔칫날을 달포쯤 당겼을 뿐이다. 지금은 제초 환경이 나아져 양력 7월 15일 즈음이면 김매기가 마무리된다. 전통에 맞추려 한 달을 더 기다릴 순 없는 노릇 아닌가. 해서 벼농사두레는 양력이라는 핑계를 찾아내 전통을 대신하는 것이다.

잔치 준비도
함께하면 더 즐겁다

지난 2015년 처음 시작됐으니 유래가 꽤 깊은 셈이다. 첫해는 오후 2시부터 경작자 모두의 논을 둘러보는 '논배미 투어'와 저녁식사(자연식 꽁보리 비빔밥), 뒤풀이 등 늦은 밤까지 그야말로 버라이어티하게 짜여졌다. 그사이 행사 기조와 얼개도 적잖게 달라졌고 그때

113

그때 꾸려지는 기획팀에 따라 프로그램이 달라진다. 한동안은 시절 음식인 닭백숙을 비롯해 먹거리를 회원들이 손수 장만했다. 100여 명이 함께했던 준비과정이 어땠는지, 당시(2018년) 기획을 맡았던 벼두레 이사 조팝 씨가 이끄는 단톡방 대화록을 좀 길지만 따라가 보자.

- 이번 백중놀이에 많은 이웃이 함께하게 돼 감개무량하지만 준비할 게 좀 되네요. 놀이 기획을 맡은 저로서는 조금씩이라도 같이 준비하면 더 기쁠 것 같아 제안, 부탁, 요청을 드려볼까 합니다. 휴대용 가스버너 3, 야채전 부칠 프라이팬 3, 국자 3, 뒤집개 3, 썬은 김치 가져오실 수 있는 분은 손들어주세요~

- 국자 1, 뒤집개 1, 가스버너 1 챙길게요. 사정이 생겨 아들은 못 가고 저만 가요.

- 휴대용 버너 1 챙길게요~

- 양파 부추 현미유 준비할게요. 백숙에 넣을 황기, 대추, 마늘도요. 그런데 닭은 몇 마리나?

- 팬 3개 벼두레에 기증할게요. 완전 새것이에요

- 그럼, 야채전에 쓸 재료는 감자, 당근, 호박만 사면 되겠네요.

- 힘들 것 같았는데 일정이 바뀌어 참석요~
  가스버너, 국자, 뒤집개 하나씩 가져가요.
- 닭은 15~20마리 사면 됩니다.
- 살짝 알려드리자면, 주류, 안주, 과일, 과자류,
  주방 소모품은 벼두레에서 준비합니다.
  백숙 삶을 기자재(큰 가스통과 버너, 큰 솥,
  큰 국자 등)는 고니 님이, 잡다한 집기류(그릇, 컵,
  도마, 냄비, 설거지 용품)는 제가 준비합니다.
- 김치는 제가 썰어 갈게요.
- 저희가 지신밟기 맹연습하는 사이 정말
  어마무시한 일이 벌어졌네요. 고맙습니다.
- 저도 못 갈 줄 알았는데 일정이 바뀌어서
  식구 4명 참석요~ 국자 1, 뒤집개 1, 도마 1,
  칼 1 준비할게요.
- 저희도 2명 참가요~ 울 고딩 아들이
  '보물찾기' 프로그램 준비한다고 하네요.
- 제가 사정이 생겨서 모이는 분들끼리 상의해서
  야채 먼저 사다가 다듬었으면 해요.
- 아, 소문내고 볼 일이네요. 어느 천사께서 야채
  작업을 맡아주셔서 다들 그냥 쉬시면 됩니다.
- 상림(닭고기 회사) 다니는 기상 님께서 이번 잔치

메인 요리 백숙에 쓸 닭고기 한 상자를 협찬해주
셨네요. 그리고 선약이 있어 함께하지 못하는 안
타까움을 담아 화수 님이 캔맥주 한 상자 보내
주셨습니다. 고맙습니다.

이렇듯 함께 준비하는 과정 자체가 흐뭇한 일이다.
오프라인 기획회의를 하게 되면 회의 자체가 잔치로
돌변하기도 한다.

- 오늘 저녁 양력 백중놀이 기획회의, 관심 있는
  분이면 누구나 참석할 수 있어요. 저녁은 알아서
  드시고 7시까지 모여주세요. 막걸리하고
  전 준비하겠습니다. 어떤 전을 준비할까요?
- 랍스타 & 전복 & 아보카도 & 황문어 &
  상어지느러미 & 아스파라가스 전 돼요?
- 돼요! 부침가루 있으니 재료만 가져오슈~
- 그럼, 난 집에 있는 남원막거리 3통, 이강주 3병,
  고량주 1병, 맥주 2페트병, 반건오징어 가져가요~
- 저는 막걸리 1병, 와인 1병, 최상급 쥐포 1봉요~
- 느타리버섯 전 가져가요.
- 혹시, 빈손으로 오기 민망한 분은 후원금 받습니다.

116

∧ 저는 회 한 접시 들고 9시에 갈게요.

∧ 가고 싶지만 부천 일정이 먼저 잡혀서...ㅠ.ㅠ

큰 잔치를 준비하다 보면 의도치 않게 소수에게 부담이 쏠리기 쉽다. 이런 문제 때문에 지금은 잔치 음식을 손수 준비하는 대신 음식점에 맡기는 편이다.

이번에는 벼두레와 '씨앗 받는 농부'(씨앗농)가 공동으로 잔치를 마련했다. 씨앗농은 작물의 씨앗을 시중에서 구입하는 대신 손수 토종작물의 씨앗을 받아서 농사를 짓는 영농법인이다. 토종 감자, 생강, 옥수수, 고추 따위 몇 가지 작목반을 꾸려 자연(유기)농법으로 밭농사를 한다. 벼두레와는 농사 분야가 서로 달라 교류할 여지가 적지만 서로 생태농사를 실천한다는 점에서 동질감이 강하고 회원 구성에서도 겹치는 이가 꽤 된다. 때문에 함께 기획팀을 꾸려 잔치를 준비하고 함께 즐기는 게 퍽이나 자연스럽다.

힘들었던 기억과
행복했던 순간을 나누며

찜통더위가 맹위를 떨치는 철이라 이번 잔치는

동상면 은천계곡에서 열렸다. 역시나 시절음식으로 닭요리와 민물매운탕이 주 메뉴다. 나무 그늘에 자리 잡고서 걸진 음식으로 기력을 보충하고 시원한 막걸리도 한잔. 이번에는 보름 전쯤 '막동이' 회원들이 담가두어 알맞게 익은 막걸리를 단지째 싣고 와서 참가자들이 함께 거르는 진풍경이 펼쳐졌다. 올이 가는 면포로 거르자니 제법 시간이 걸린다. 그래도 이 작업을 하면 손 피부가 보들보들 고와진다는 얘기에 너도나도 우르르 몰려든다.

식사가 얼추 마무리되자 참가자 모두가 둘러앉은 가운데 '주제가 있는 이야기 마당'이 펼쳐졌다. 거창한 토론은 아니고 그저 최근에 겪은 '힘들었던 기억'과 '행복했던 순간'을 들어 자신을 드러냄으로써 서로에 대한 이해를 높이고 더 친해지는 시간인 셈이다.

이어 몇몇이 평상에 드러누워 낮잠을 청하는 사이 대부분은 계곡물에 뛰어들어 더위를 식힌다. 아이들은 이미 도착하자마자 물놀이에 흠뻑 빠져 신이 났다. 함께 뒤섞여 짓궂게 물장난을 쳐대는 '어른이'도 눈에 띈다. 아이를 포함해 쉰 명 가까운 이가 그렇게 여름 오후 한때를 맘껏 즐기는 것이다.

백중놀이는 이렇듯 '보양식으로 기력 보충+물놀이로 더위 식히기'로 그 기조가 잡혀가는 양상이다. 족

구경기, 아이들을 위한 보물찾기, 벼농사 퀴즈대회 같은 프로그램을 곁들인 해도 있었다.

씨앗농과 공동주최한 사실에서 알 수 있듯 회원들로 국한하지 않고 되도록 넓게 판을 벌이려 한다. 이는 한여름 고된 노동에 지친 이들을 위무하는 백중놀이의 본뜻에 비춰보자면 당연하다 하겠다.

'발연기' 때문에
망쳐버린 몰래카메라

첫해 프로그램 가운데 '논배미 투어'라는 게 있었음을 기억하는지. 한두 시간 동안 회원들이 짓고 있는 논을 둘러보며 생육상태도 살펴보고, 어떤 조치가 필요한지 앞선 농가의 자문도 받고, 궁금증도 풀어보는 과정이다. 트럭 짐칸에 실려 논과 논 사이 울퉁불퉁한 농로를 달리는 것도 색다른 즐거움이다.

그러나 날씨가 문제였다. 지구온난화에 따른 이상고온 현상이 갈수록 심해지면서 이즈음에는 한낮 기온이 35도를 우습게 넘나들었다. 아무리 취지가 좋다 한들 더위 먹기 딱 알맞고 땡볕 아래 시달리다 보면 잔치 벌일 기력조차 남아나지 않게 된다. 아니 더위

자체를 견딜 재간이 없는 거다. 자연스레 참가자 수가 민망할 만큼 줄어들어 논배미 투어는 양력 백중놀이 프로그램에서 빠지게 됐다.

그 대신 더위가 누그러지는 때를 골라 따로 논배미를 둘러보는 '논둑길 산책' 프로그램이 새로 생겼다. 아무래도 새내기 경작자들이 관심을 기울이게 되고 거기에 특별한 의미를 두기도 한다. 하여 몇 해 전에는 뜻밖의 상황이 벌어졌다. 그해 처음으로 샘골 경작자로 합류한 이들이 작당하여 일을 꾸민 것.

마침 비가 내려 한낮의 열기가 누그러진 늦은 오후 시간, 논둑길 산책 참가자들이 샘골에 들어서자 웬 현수막이 일행을 반긴다. '환영 고산권 벼농사두레 샘골 방문'. '농자천하지대본'이라는 세로 현수막도 함께였다. 흰 종이에 붓으로 쓴 손 글씨다. 아침부터 여럿이 모여 함께 만들었다고 한다. 뜻밖의 상황에 어리둥절하면서도 흐뭇해지지 않을 수 없다.

논은 생육상태가 괜찮아 보였고 볏줄기를 뽑아 갈라 보니 실밥처럼 생긴 원시이삭이 눈에 띈다. 벼가 유수형성기, 생식생장 국면으로 접어든 것이다. 짧게 논을 둘러본 일행은 읍내 식당으로 자리를 옮겨 뒤풀이에 들어갔다. 샘골에서 보았던 종이 현수막이 식당 벽면에 붙어 있다. 오늘 저녁 메뉴는 아구찜과 탕. 술

잔이 몇 순배 도는 사이 누군가의 제안으로 또 다른 작당이 시작됐다. 일이 늦게 끝나는 바람에 논둑길 산책에는 참석 못 하고 뒤늦게 달려오고 있는 난다 씨를 골려주려는 음모. 나와 조팝 씨가 언성을 높여 다투다가 내가 버럭 화를 낸다는 시나리오가 짜졌다. 예상치 못한 이 상황에 몹시 당황스러워하는 난다 씨를 몰래카메라에 담는다는 설정이었다.

드디어 난다 씨가 식당으로 들어서고 '큐' 사인에 따라 연기가 시작됐다. 두 사람이 큰 소리로 다투다가 끝내 조팝 씨가 울음을 터뜨리고, 분을 참지 못한 내가 일어나 벽에 붙어 있는 종이 현수막을 확 잡아 뜯어낸다. 그러나 어색하기 짝이 없는 내 연기에 난다 씨는 뭔가 수상한 낌새를 눈치채고 말았다. 다음날 몰래카메라 동영상이 단톡방에 공개됐다. 미리 작당하는 장면도 함께다.

- 압권은 차남호의 발연기 아닌가요? ㄱ
- 완전 웃겼어요.
  그나저나 이쁜 현수막이 찢어져 아까워요~
- 안 그래도 현수막의 죽음을 애도하며
  묵념 올렸어요^^

늦여름 저녁나절,
볏잎 사이로 논둑길 산책하기

비라도 내려줘 열기가 누그러지면 논배미를 둘러볼 여지가 생기지만 찜통더위가 계속 맹위를 떨치면 그마저 어렵게 된다. 이런 해는 '온라인 논둑길 산책'으로 대체하기도 한다. 생육상태를 톡방에 보고하되 논배미 사진(원경-근경-벼포기 클로즈업-경작자 셀카)과 함께 올리는 방식이다. 이에 따라 하나둘 논배미 사진과 현황 보고가 올라오는데 개중에 동영상 보고가 나타났다. 고니 씨가 그 주인공. "너멍굴! 천수답! 다섯 마지기! 황!고!니!입니다!" 군인이 관등성명 대듯 또박또박한 말투로 시작하는 이 동영상은 엄청난 반향을 불러일으켰다.

"제 뒤로 보이는 것이 천수답 농사의 핵심인 둠벙이고요, 그 밑으로 계단식으로 세 개의 논배미가 있습니다. 6월 13일 모내기 한 지 딱 한 달이 지났는데요, 모들이 그럭저럭 새끼도 치고 색깔도 많이 짙어지고 있습니다. 이상, 너멍굴! 천수답! 다섯 마지기! 황고니였습니다!"

반응이 가히 폭발적이었다.

- 하하하 하하하
- 무슨 군사시설 보고하시는 줄 ㅋ
- 아침부터 빵 터집니다~
- 아침부터 뜨거운데 시원하게 한 번 웃어요~ㅋ
- 고니 형은 '인생 제2막'을 귀농이 아니라 코미디 쪽으로 잡았어야~

이후 '너멍굴 천수답 다섯 마지기'는 고니 씨를 상징하는 말로 통하게 됐다. 고니 씨는 그 뒤로도 〈너멍굴 천수답 월간 리포트〉라는 제목으로 생육상태와 근황을 전하는 동영상을 수시로 단톡방에 올리기에 이르렀다.

김매기가 끝나고 나면 벼농사에서 큰일이 마무리되는데 사실상 물관리 하는 일만 남게 된다. 7월 하순에 접어들면 벼는 몸피를 키우는 '영양생장'에서 '생식생장'으로 넘어가게 된다. 지금까지는 성장, 특히 새끼치기가 중요했다면 앞으로는 이삭을 실하게 키우는 게 중요하다. 생식생장에서는 깊게 뿌리를 내리도록 해서 영양분을 잘 빨아들이도록 하는 게 핵심이다. 그러자면 뿌리에 산소를 충분히 공급해야 하고 이를 위해 논에서 물을 빼 바닥을 말려야 하는데 이것이 '중간 물떼기'다.

보통은 논바닥이 갈라질 때까지 물을 끊는다. 그러고 나서 다시 물을 대준다. 이때는 얕게 물을 대거나, 물을 대고 빼주기를 거듭한다(물 걸러 대기, 간단관수). 특히 이삭이 올라올 즈음(출수기)에는 '꽃물'이라 해서 물을 흠씬 대줘야 한다.

이 시기 단톡방은 논배미의 물관리 상황을 둘러싸고 다양한 질문과 응답이 오간다. 갈라진 논바닥 사진과 함께 "이 정도면 물을 대줘야 하는지 더 말려야 하는지" 물어 오는가 하면 "얕게 대라는 게 대체 어느 정도를 말하는지… 5센티?", "걸러 댄다는 건 며칠 만에 한 번 대주라는 얘긴지" 같은 세세한 질문이 이어진다.

그렇게 한 달 남짓이 흐르면 벼는 이삭을 올리는 출수기로 접어들게 된다. 이때는 8월 중하순으로 찜통더위도 웬만큼 잦아든다. 폭염이 한창일 때는 저마다 집 안에 콕 틀어박혀 밖으로 나설 엄두를 내지 못하니 그 사이 격조한 느낌이 들기도 한다. 이 틈을 비집고 벼두레가 다시 판을 벌인다. 이번엔 온라인이 아닌 실제 논둑길 산책이다. 단톡방에 안내가 뜬다.

[알림] '논둑길 산책' 참가자 모집(선착순 15명)
요즘 고산 들녘의 주인은 누가 뭐래도 벼포기겠죠.

이 늦여름, 저녁나절에, 그 논둑길 따라 한번 걸어보지 않으실래요? 볏잎을 살랑이는 바람의 숨결도 느껴보고요, 경작자가 들려주는 농사에 얽힌 사연과 지금 논배미 안에서는 뭔 일이 벌어지고 있는지 앞선 농부한테 속 깊은 얘기도 들어봐요. 반주 한잔 곁들이며 남은 얘기 꽃피워도 보시고요.

✿ 순조로운 행사 진행을 위해 참가자를
   15명으로 제한합니다(선착순)

✿ 언제: 8월 15일 저녁 6시~ (시간은 바뀔 수 있습니다)

✿ 둘러볼 곳: 벼두레 경작자들 논배미(봉산리~어우리~율곡리)

그날이 되자 뜻밖에 기온이 섭씨 37도로 치솟는 바람에 서봉리 논배미 한 곳만 둘러보고 뒤풀이를 하는 약식 진행으로 바꿀 수밖에 없었다. 서봉 배미는 그해 처음 경작자로 합류한 순주 씨와 조팝 씨가 함께 지어왔다. 올라온 벼이삭이 탐스럽고 작황도 좋아 참가자들의 칭찬이 쏟아진다. 더위에 쫓겨 도망치듯 근처 음식점으로 몰려간 열두엇 일행이 저녁밥을 먹고 있을 때 소나기가 빗발친다. 일시에 환호성이 터져 나온다.

09

거둬들일
준비를 하세

기후위기로 갈수록 지구가 뜨거워지고 대량멸종과 인류의 운명을 걱정해야 하는 상황이 되었다. 여름만 되면 폭염에 파김치가 되고, 더위 타령으로 하루를 시작해 더위 원망으로 하루가 저무는 나날. 그러다가 8월 중하순이 되면 태풍이 할퀴고 지나간다. 해마다 적어도 두세 차례 한반도를 지나는 게 보통이고 그때마다 초긴장 상태로 들어간다. 지붕과 뒷산 수목, 그리고 땅바닥에 퍼부어대는 요란한 빗소리에 잠이 깨서는 밤새 뒤척이게 마련이다.

다행히 바람 피해가 적더라도 폭우를 동반하는 게 보통이라 끝까지 심란할 수밖에 없다. 벼이삭이 한창 올라오는 출수기인 탓이다. 벼는 자가수정을 하는 식물이고 날씨가 좋지 않아도 낱알 껍질 속에서 수분이 이루어진다. 그러나 비바람이 거세면 아무래도 이로울 게 없다. 더욱이 며칠을 내리 그치지 않으면 습한 환경에 병충해가 생기기 쉬우니 걱정이 앞서는 것이다.

이렇듯 수심 가득한 아침나절이 흐르고 있을 때 벼두레 단톡방에 '벙개'가 친다. 태풍 오마이스가 얌전히 지나갔으니 낮술이라도 한잔?

여부가 있나. 앞뒤 안 재고 오케이 사인을 보내놓고 나니 일이 간단치가 않다. 빗줄기는 여전히 수그러들 기미가 보이지 않아 이 비를 뚫고 나갈 일이 걱정이다. 또 하나 코로나 팬데믹 상황에 뒤꼭지가 당기는 거다. 이제 만성이 될 만도 하건만 상황에 따라 엎치락뒤치락 해온 당국의 방역 가이드라인이 헷갈린다. 4명이 하였던가? 아니 8명이던가? 어쨌거나 예상 인원은 그 밑이니 상관은 없지만. 낮술 자리 하나도 이리저리 따져봐야 하다니 이게 사람 사는 꼴인가 싶다.

그러는 사이 갑자기 비가 멎었다. 먹구름 사이로 햇빛까지 비친다. 주섬주섬 챙겨 입고 집을 나선다. 지난 사나흘 빗줄기에 갇혀 두문불출했던지라 벼 포기 안부부터 챙기게 된다. 열 군데 가까이 흩어져 있는 그 많은 논배미를 다 둘러볼 시간은 없고 읍내로 통하는 길목에 있는 두 배미만 스치듯 훑어본다. 벼이삭은 거의 다 올라왔고 비바람의 피해도 없어 보인다. 다행이다. 술맛 떨어질 일은 없겠구나.

낮술은 누가 뭐래도 청요리에 센 술이다. 중국집 방 안에 자리를 잡고 생각해보니 낮술도 참 오랜만이다. 따지고 보면 이게 다 그놈의 코로나 탓인 게지. 그 얘기부터 시작해 그새 나누지 못했던 이런저런 사연들이 꼬리를 문다. 논배미 입수구 콘크리트 구조물이 깨지는 바람에 35도를 웃도는 무더위에 그걸 보수하느라 사나흘 개고생을 했다는 석수 씨, 노후대책으로 전기기능사 자격증 따느라 이 나이에 시험공부며 학원 실습에 팔자에 없는 짓을 했다는 고니 씨. 시시콜콜한 얘기가 오가다가 화제 속에서 이 사람 저 사람이 소환된다.

화제의 주인공에게 뜬금없이 전화를 걸어 "뭐해? 날씨도 궂은데 한잔 어때?" 바쁜 이는 손사래 치고, 한가한 이는 이게 웬 떡이냐고 한걸음에 달려온다. 그렇게 해서 바로 옆 아파트단지에 사는 한국 씨가 합류했고, 지나는 길에 들렀다는 조팝 씨는 아침에 코로나 백신을 접종했다며 금세 자리를 뜰 기세다. "뭔 소리? 고량주 몇 잔은 백신접종 후유증에 특효약인디…" 석수 씨가 시답잖은 농담을 건네며 실없이 웃는다.

훤한 한낮, 취기가 돌수록 자리도 흐느적거린다. 129

세상을 들었다 놓고 때로는 싹 쓸어 엎었다가 다시 세우는 따위 '거창한' 얘기는 아무도 입에 올리지 않는다. 이 또한 팬데믹에 억눌린 탓인지도 모르겠다.

그렇게 두어 시간이 흐르니 얼큰하게 술이 오르고 주인장 눈치도 보이니 늦은 점심을 들고 자리를 파한다. 찻집으로 자리를 옮겨 입가심을 한 뒤 흐물흐물 손을 흔들며 저마다 집으로. 그때까지도 하늘은 말짱했던가, 아니면 다시 비가 내리기 시작했던가.

예초기를 들면
번뇌와 집착도 사라지더라

처서가 지나고 9월로 접어들면 더위도 한풀 꺾이고 선선한 바람이 불어오게 마련이다. 불현듯 가을이 찾아오는 것이다. 아침나절 창문으로 들어온 한 줌 햇볕에서 바뀐 계절을 느끼는 거다.

물을 걸러 대던 논배미는 차츰 완전 물떼기로 넘어간다. 벼이삭은 하루가 다르게 여물어 누런빛을 띠고 갈수록 깊숙이 고개를 숙이고 있다. 가을걷이 준비를 하라는 신호다. 이때쯤에는 용케 농부의 눈을 피해 살아남은 피도 삐죽 이삭을 올린다. 날이 짧은 버들낫으로 밑동이나 이삭을 베어내는 피사리가 펼쳐지기도 한다. 벼베기 대신 피베기인 셈이다. 실상 이즈음에는 이보다 논두렁 풀베기가 우선이다.

　모내기의 주인공이 이앙기계인 것처럼 가을걷이의 주인공은 수확기계(콤바인)다. 따라서 콤바인이 순조롭게 작동할 수 있는 환경을 만들어내는 임무가 농부에게 주어진다. 논바닥을 잘 말리고 논둑의 풀을 베어내야 한다. 논둑에 풀이 우거지면 콤바인 운전자의 시야를 방해하고 수풀이 기계에 걸리기도 하는 탓이다. 그래서 이놈들을 말끔히 쳐내야 한다. 덥수룩한 머리칼 이발을 하듯 수북하던 논두렁이 고속도로처럼 깔끔하게 정리되면 가슴도 따라서 뻥 뚫리는 느낌이다.

　논둑 치는 작업에는 예초기를 쓴다. 물론 탈석유 차원에서 낫을 쓰기도 하지만 경작 면적이 넓지 않은 경우다. 낫질로는 그 억센 풀이 감당이 안 돼 어쩔 수 없이 예초기를 쓴다.

　흔히 휘발유 엔진으로 작동하는데 그 굉음이 엄청나다. 전기나 부탄가스로 돌아가는 기종도 있지만 논둑을 치기엔 힘이 약해 효율이 떨어진다. 세차게 돌아가는 강철 칼날. 근력이 약한 이는 다루기조차 힘들다. 무엇보다 몹시 위험하다. 반드시 보호장구를 갖춰써야 한다. 보안경과 안면보호대는 필수다. 무릎-정강이보호대도 해주는 게 좋다. 뜻하지 않은 사고를 막기 위해서다.

무섭기도 하지만 버겁기도 하다. 강한 회전력에서 나오는 반동과 진동은 근육에 적잖은 부담이다. 한두 배미 짓는 '마이크로농'이야 두어 시간이면 족하지만 1만 평 농사인 나로서는 온종일 매달려도 일주일을 훌쩍 넘긴다. 그 사이 팔과 어깨, 허리에 근육통을 달고 살아야 하고 관절에 커다란 무리가 간다. 벼농사에 뛰어들고 처음으로 예초기를 돌리던 날이 떠오른다. 윙윙 돌아가는 칼날이 무섭고, 혹여 돌멩이를 치지는 않을까 바짝 긴장한 상태에서 작업봉을 내젓자니 고작 10분 작업에 30분 쉬기를 거듭하면서도 2시간을 버티지 못했던 기억.

버겁기는 해도 한편으론 묘한 매력이 있다. 앞서 얘기했던 '김매기의 황홀경'에는 못 미치지만, 그 이치는 별로 다르지 않다.

김매기와 마찬가지로 일단은 작업에 익숙해져야 한다. 굉음이 귀에 거슬리고 기계 작동에 신경이 쓰여 잔뜩 긴장한 상태로는 삼매경에 빠질 수가 없다. 팔로는 능숙하게 작업봉을 놀리고 눈으로는 위험요소를 살피면서도 '딴생각'을 할 수 있는 경지가 되어야 한다. 내 경험으로 적어도 5년 넘게 기계와 작업 동작에 익숙해져야 할 수 있다.

마치 이발을 해나가듯, 억센 풀줄기를 사각사각 베어낼 때의 그 쾌감을 짐작할 수 있으려나. 뒤엉키고 흐트러진 마음의 실타래를 싹둑 잘라내는 시원함이 있다. 베어지는 풀포기는 마음속 응어리요, 걱정거리다. 개중에는 삿된 생각도, 어리석은 집착도 있다. 번뇌와 망상, 모진 인연까지도 끊어내는 것이다.

구상하고, 설계하는 사유는 어렵지만 내려놓고 비우는 데는 안성맞춤인 듯하다. 그래서 김매기를 마치고 나면 머리가 묵직한 반면 논둑을 치고 나면 마음이 한결 가벼워진다. 버겁고 위험한 물건이 건네주는 뜻밖의 선물이라고 할까.

이번 가을 논둑치기는 이렇듯 무심결에 버거운 노동을 견딜 수 있었다. 그래서 가끔은 농사가 육체노동이 아니라 정신노동인 것만 같다.

가을걷이 준비는 논둑치기와 더불어 논바닥 말리기도 함께 병행해야 한다. 콤바인 바퀴가 빠지지 않도록 하기 위해서다. 경지정리가 된 논이야 입수구를 닫고 배수구를 열어두면 그만이지만 태반이 자연답이라 손이 많이 간다. 논배미 둘레를 흐르는 구불구불한 도랑에 풀뿌리와 토사가 엉켜 물 흐름을 가로막으니 그걸 치워내야 한다. '도랑 치고 가재 잡고'에서 말하는 도랑치기가 그것이다. 이를테면 작은 준설공사인 셈인데 달랑 삽 한 자루, 때로는 쇠스랑 한 자루로 해내는 일이다. 온몸의 큰 근육을 다 써야 하므로 작업이 녹록지 않다. 몇 시간씩 그 일에 매달리고 나면 그야말로 녹초가 된다.

이어 도구치기. 바닥이 평탄하지 못해 물 빠짐이 안 좋은 논배미는 벼포기를 줄줄이 뽑아 논배미 안에 새로운 물길을 내주어야 하는데 이를 '도구치기'라 한다. 일종의 인공수로라 할 수 있는데 가을장마만 오지 않는다면 이 정도로 논바닥 걱정은 놔도 된다.

나는 가을 하늘을 사랑하는 남자

벼이삭이 누런빛을 띠어갈수록 저 청한 가을 하늘은 짙은 코발트빛으로 투명해지게 마련이다. 이따금 파란 하늘을 배경으로 새하얀 뭉게구름이 피어오르기도 하고 조각구름이 둥둥 떠다니기라도 하면 저 밑바닥에 잠자고 있던 시심이 꿈틀댄다. 저무는 하늘은 더러 찬란한 빛으로 붉게 물든다. 설령 노을이 드리우지 않더라도 서쪽 하늘은 때로 에메랄드빛으로 반짝인다. 시퍼렇게 날이 선 서늘한 아름다움!

이렇듯 날이면 날마다 색다르게 펼쳐지는 하늘을 이고 사는 것은 큰 즐거움이 아닐 수 없다. 농부가 누리는 특권이라면 특권이겠다. 가을걷이가 시작되기 전 달포쯤 되는 기간은 쌀 전업농인 내게는 짧은 농한기다. 가을걷이 준비는 이미 끝낸 상태. 그래 마음이 느긋해지니 이 눈부신 가을날이 눈에 들어오는 것이겠지. 하루가 멀다 하고 그 장관을 벼두레 단톡방에 올려대니 누가 그런다. 혹시 하늘 페티시? 거기에 무슨 사연이 있을까만 굳이 그 내력을 알리자면 이렇다.

벼두레에는 목수 태수 씨가 있지. 3년 전 겨울에 소금 바우 우리 집을 지은 이도 바로 태수 씨다. 그때는 비가 올 때를 대비해 트러스를 높게 쌓아 올려 포장을 씌우고 그 아래에 건물을 지었더랬지. 그니까 트러스가 아마 4층 높이는 됐을 듯. 그 위를 오르락내리락할 일이 종종 있었는데 거기 올라갔던 태수 목수가 그랬다.

"여기서 바라보는 석양이 정말 끝내주네요. 노을이 아름다운 집이에요."

그때는 그런가 보다 심드렁했다. 왜? 내가 직접 보지 못했으니까! 그런데 3년을 살아보니 태수 목수의 얘기는 허언이 아니었더란 말이지.

여기에 집을 지은 것만으로도 '노후 대비'는 정말 잘했다는 생각을, 오늘 저녁에도 했다. 죽을 때까지 저 서녁 하늘을 볼 수 있으니 말이다.

언젠가 '믿고 보는 소금바우 석양' 어쩌고 설레발 치던 끝에 벼두레 톡방에 올린 얘기다. 이에 질세라 고니 씨도 몇 시간 뒤 '동녘 하늘'로 맞불을 놓는다.

벼두레에는 목수 현상 씨도 있지. 작년 겨울 너멍굴에 농막 황창고를 지은 이도 바로 현상 씨다. 그때는 점기초 콘크리트가 얼까봐 포장을 씌우고 안에는 고체연료를 켜 놓았더랬지. 그니까 아마 내 허리 높이는 됐을 듯. 그 밑으로 기어다니며 불이 꺼졌는지 살필 일이 종종 있었는데. 황창고가 본격적으로 올라가고, 리프터 타고 지붕 위로 난로 연통 뽑아 올리던 현상 목수가 "형님, 정말 경치 좋네유~" 할 때도 그저 그런 소리로 들었는데.

1년을 살아보니 아침엔 해 뜨고 저녁엔 달뜨고, 아침엔 해 뜨고 저녁엔 달 벌써 떠 있고,

아침엔 해 뜨고 저녁엔 달 넘어갔고··· 그렇더란 말이지.

여기에 창고를 지은 것만으로도 '노후 대비'는 정말 잘했

다는 생각을, 오늘 아침에도 했다.

죽을 때까지 저 동녘 하늘을 볼 수 있으니 말이다.

외마디 감탄사가 이어졌음은 물론이고 개중에는
여러 마디도 있었다.

노후대책으로 부동산, 주식, 건물, 자녀의 공무원 입성
이런 것만 보다 일출과 노을이라니! 아니 이건 멋지다
싶다가 일출과 노을마저 뺏기는 건 아닌지 싶다가 아
무렴 어때? 일출과 노을인데 싶어지네요.

한편 서녘 하늘에 카메라를 들이대다 보면 때로는
빛의 산란으로 이국적인 영상이 맺히기도 한다.

⌣ 북유럽에는 언제 가신겨?
⌣ 그럼, 이게 말로만 듣던 백야?
⌣ 샛별, 개밥바라기별 또는 금성?

조금 지나 이번에는 별무리가 막 빛을 내기 시작한
밤하늘이 올라온다. 자연과학에 해박한 정혜 씨가 끼
어들면서 뜻밖의 상황이 펼쳐진다.

⌢ 시간에 따른 이름인데요, 초저녁에 보이는
금성을 개밥바라기, 저녁엔 태백성,
새벽엔 샛별이라고 하죠.

⌢ 오호

⌢ 엇! 개밥바라기가 사라졌다!

⌢ 서쪽에서 떠서 동쪽으로 지니까 이사 간 거
아닐까요? ㅋ 아까보다 동쪽에서 찾아보세요.
구름에 가렸을 수도···.

⌢ 아니! 봉실산 너머로 꼴깍 떨어졌는데···.

⌢ 그럼 관측시간이 지난 거예요.
금성은 밤새 보이는 게 아니라 해진 뒤 3시간,
해뜨기 전 3시간 정도밖에 안 보여요.

⌢ 그니까 지구 자전주기를 따라 앞으로
6~7시간 뒤인 내일 새벽 동녘 하늘에 "띠용!"
샛별로 나타난다는 말쌈?

⌢ 정답! '내행성의 최대이각'이라는 건데,
지구를 가운데 두고 태양과 반대편에 위치하게
돼서 안 보이는 거죠. 그래서 금성이 지동설의
증거가 됐어요.

⌢ 어려워! 그냥 저녁에 보이고
새벽에 보이면 금성인 걸로···.

138

∧ 와! 이 톡방 무척 우주적이다.

∧ 밤새 많은 얘기들이 오갔네요.
  '내행성의 최대이각'이라니! 이과 동지,
  너무 반가워요.

10

풍년이라 치고,
미리 여는 풍년잔치*

* 이쯤에서 미리 일러두는 게 좋겠다. 지금까지는 주로 '괜찮았던 시절'의 이야기였다. 다들 알다시피 우리는 2020년부터 코로나 팬데믹이라는 악몽에 시달렸다. 우리 삶의 양식은 뿌리째 흔들렸고 일상의 많은 것이 허물어졌다. 이 점은 벼두레 또한 마찬가지다. 다만 지금까지 살펴본 시기, 다시 말해 가을걷이 이전까지 벼두레는 주로 협동작업을 해왔고 다른 활동 또한 대부분 실외에서 진행돼 '방역'에서 상대적으로 자유로웠다. 그러나 가을걷이 이후로는 실내활동이 대부분이라 방역문제에서 자유로울수 없었다. 이에 따라 뒤에서 보듯이 많은 활동이 축소되거나 전면 취소되었다. 아울러 우리 고산권은 기묘하게도 같은 기간 2년 연속으로 사상 최악의 벼농사 흉작을 맞았다. 두 해 모두 가을걷이 직전에야 그 사실을 알 수 있었다. 앞으로 살펴보겠지만 이런 현실은 벼두레 활동을 크게 위축시킬 수밖에 없었다. 이렇게 봤을 때, 팬데믹 시대 2년의 역사는 벼두레의 본모습과 거리가 멀 수밖에 없으므로 이 이야기는 잠시 미뤄두고 괜찮았던 시절부터 돌아보려 한다.

황금들녘 풍년잔치. 가을걷이를 앞두고 벼농사두레가
벌이는 잔치판이다. 힘겨운 노동과 뜨거운 여름을 이
기고 마침내 햇나락을 거둬들이는 기쁨을 자축하고
즐거운 한때를 보내는 자리라 할 수 있다. 황금들녘은
추수철 벼가 여물어가는 논배미를 상징하는 말이다.
벼두레가 가을걷이를 앞두고 황금들녘 풍년잔치를 벌
이는 까닭이 있다. 황금빛 물결이 뿜어내는 눈부신 색
감과 풍요로운 느낌, 그것만으로도 풍년을 얘기하기
에 모자람이 없다. 사실 풍년인지 아닌지는 수확을 해
봐야 알 수 있다. 그전에는 어쨌든 풍년이라 우기면
풍년인 것이다.

풍년잔치가 처음 열린 건 지난 2016년이다. 오후

시간, 벼이삭이 누렇게 익어가는 논배미로 줄지어 나간다. 아이와 어른이 뒤섞여 잠자리채로 메뚜기를 잡는다. 아이들은 처음 경험하는 놀이가 신기하고, 어른들은 어린 시절의 추억을 떠올린다. 농약을 치지 않는 유기재배라 그나마 개체 수가 꽤 된다. 간혹 메뚜기잡이보다는 깊어가는 가을풍경을 둘러보며 논길 따라 산책을 하는 이들도 눈에 띈다. 한두 시간이 지나 저마다 잡은 메뚜기를 풀줄기에 꿰어 주렁주렁 매달거나 양파망에 집어넣고 옛 폐교 자리에 들어선 지역경제순환센터로 향한다.

운동장 한편에선 풍물가락이 울리는 가운데 전을 부치는 고소한 냄새가 피어나고 여기저기 둘러앉아 막걸리잔을 기울인다. 팬에 볶은 메뚜기를 우물거리는 아이의 표정이 좀 복잡하다. 저녁 시간이 되자 공동육아 공간인 '숟가락콩빵'으로 우르르 자리를 옮긴다.

저녁 식사가 끝나고 '가을밤 낭만 콘서트'가 펼쳐진다. 프로그램이라고 해봤자 소박한 장기자랑이다. 악기를 연주하거나 아이들의 커버댄스, 기타 또는 노래방 기계 반주에 맞춰 노래를 부르는 정도인데 다들 즐거운 표정이다.

"생태 가치와 재미를 중시하는
벼두레가 좋아요"

잔치의 기본 포맷은 이후에도 지속되는 가운데 해마다 약간씩 변화를 준다. 이듬해에는 논배미 나들이에서 가을풍경을 화폭에 담는 사생대회가 추가됐다. 실내 프로그램으로는 영상과 함께 그해 벼농사 이야기를 들은 뒤 '동네방네 퀴즈대회'가 펼쳐졌다. 정답을 맞힌 이에게는 푸짐한 상품이 주어졌다.

그 뒤로도 잔치는 해마다 열렸고 진행 상황은 이와 비슷했는데 잔치 참가자는 50~100명을 헤아렸다. 잔치가 열린 날 저녁, 벼두레 단톡방은 낮에 벌어진 일을 돌아보는 소감으로 떠들썩하게 마련.

이렇게 많은 사람이 한마음으로 모여서 즐겁고 행복한 시간을 보냈네요. 생태 가치와 재미를 중요시하는 벼농사두레가 좋아요. 특히 고니 오라버니의 위트 넘치는 퀴즈쇼 완전 웃겼어요!

한 번도 경작에 참여한 적은 없지만 벼두레 초창기부터 응원을 아끼지 않은 경화 씨가 잊지 않고 격려의 말을 남긴다. 남주 씨도 뒤질세라 맞장구를 친다.

143

준비하신 모든 분들 고생 많으셨어요. 함께하는 벼농사두레가 있어 더 든든한 동네인 듯싶어요. 일이 있어 중간에 나와 죄송하고 아쉬웠는데 나중에 딸내미가 재미난 뒷얘기를 전해주더라고요. 벼농사 이야기도 좋았다 하고, 퀴즈도 반짝반짝 아이디어가 너무 재미있었다고 하네요. 딸내미가 받아온 콩나물이며 쌀이며 생맥주 쿠폰까지 귀하게 먹겠습니다. 고맙습니다.

모든 일이 그렇듯 벼두레 집행부 회의에서 기본방향을 정하고 기획팀을 꾸려 두세 차례 모임을 열어 세부계획을 짜고 준비한다. 회원들과 읍내에서 가게를 운영하는 이들이 협찬하는 물품이나 쿠폰으로 상품이나 경품도 넉넉히 준비한다. 잔치를 마치고는 며칠 안에 뒷정리를 겸한 평가 회의가 열리는데 집행부와 기획팀뿐 아니라 회원 누구라도 참석해 의견을 나눈다.

그즈음 지역 월간지 〈완두콩〉 10월호에 그해 처음 벼농사에 입문한 순주, 조팝 씨가 표지 모델로 등장하는 '사건'이 벌어졌다. 벼이삭이 누렇게 익어가는 논배미에서 두 사람이 뽑아낸 피 포기를 치켜들고 환하게 웃는 모습이다. 물론 어떤 계기로 벼농사를 짓게 되었고 소감이 어떤지를 다룬 표지 이야기도 실렸다. 표지 사진이 단톡방에 올라오자 희비가 엇갈린다.

- 이쁘네요. 사랑도 벼도!

- 커버스토리 축하해요.

- 정말 이쁘고 신기하네요.

- 갑자기 논농사 짓고 싶어진다^^

- 오메나~ 사진 멋져요!

- 기자하고 몇 마디 담소 나눴는데

  저리 멋진 기사로 나오다니····.

  이 영광을 벼두레에 돌리겠슴다~

- 아이고~ 조그맣게 기사 나가고 얼굴은 모자이크

  처리해주기로 했는데, 이것이 뭣이다요?

- 구석이 커버로 바뀌었고만요~ㅎ 암튼 두 사랑

  첫 수확 축하해요. 뿌듯하겠어요^^

- 이쁘게 나왔고만~ 부럽고만~

- 아직 배포 전이면 돈 싸 들고 다니면서 이번 호

  죄다 걷어와야겠어요. 부끄러워서리.

  아무튼 벼두레 덕분에 농사도 짓고, 신문에 얼굴도

  나오고··· 당황스럽지만 고맙습니다^^

- 벼농사도 짓고 표지모델도 되고 일석이조네요.

  축하드려요~

머리가 복잡하고
가슴이 답답할 땐, 화암사

그다음 날에는 잔치 준비로 미뤄두었던 화암사 나들이에 나섰다. 고산에서 북쪽으로 길을 잡아 자동차로 20분 남짓 걸리는 산마루에 자리하고 있다. 머리가 무겁거나 가슴이 답답할 때, 그저 날씨만 좋아도 무시로 산책 삼아 드나드는 곳. 단톡방에 '벙개'를 치니 대여섯이 모였다.

화암사는 극락전 지붕이 하앙(下昂)식 결구 구조인 것으로 이름을 얻은 절이다. 하앙이란 처마를 좀 더 길게 빼기 위해 포작(공포)과 서까래 사이에 끼워 넣은 구조물이다. 그것이 '국내 유일'로 확인되면서 극락전은 몇 년 전 보물에서 국보로 승격된 바 있다.

나야 그런 세간의 견지보다는 손바닥만 한 터에 앉은 작은 절집이 풍기는 아취에 넋을 뺏긴 경우다. 한 뼘도 안 되는 마당을 금당 극락전과 요사체 적묵당, 강당 우화루가 둘러싸고 있는 구조다. 적묵당 툇마루에 걸터앉아 산등성이와 그 위에 걸린 하늘을 올려다보노라면 선계를 떠올리게 된다. 늘 그렇게 한없이 넋을 놓고 있다가 떨어지지 않는 발걸음을 돌리는 거다.

절집은 야트막한 불명산(해발 480미터) 마루터기에

앉아 있다. 하여 산 아래 주차장에 차를 받쳐두고 계곡을 따라 오르게 되어 있다. 한여름 우기에는 폭포수가 장관을 이루지만 가을철엔 물이 끊겨 있고 이제 막 지기 시작한 나뭇잎이 드문드문 깔려 있다. 계곡물 졸졸거리는 그 길을 따라 사뿐사뿐 걷다 보면 찌들었던 온갖 삿된 마음이 씻겨 내려가는 느낌이다.

그렇게 몇십 분 오르다보면 그 흔한 일주문, 금강문, 천왕문, 불이문 하나 없이 덜컥 문간에 다다른다. 불목하니가 머물던 별채 옆으로 여염집 대문보다 작은 가람 유일의 문턱을 넘게 되는 것이다.

내가 한때 페이스북, 블로그 따위 온라인 공간에서 침이 마르도록 화암사 찬사를 늘어놨더니만 반승반속인 벗한테서 쪽지가 왔다. 화암사를 너무도 사랑하는 사람이다.

"그만 나불거리시라. 그러다가 인간들 발길에 치여 화암사 망가지는 꼴 보려고 그러느냐."

한편으로 뜨끔했지만 다시 생각하니 꽁꽁 싸매고 아는 놈들끼리만 누리는 것도 내키지 않기는 매한가지라. 어쨌거나 아직까지는 찾을 때마다 십중팔구는 그야말로 '절간처럼' 고요한 편이다. 이날도 화암사는 기대를 저버리지 않고 고요한 매무새로 우리 일행을 맞았다. 적묵당 툇마루에 걸터앉아 한참이나 파란 가을 하늘에 빠져 있었다. 그 정적을 방해하는 이가 아무도 없으니 큰 복이라 해야겠지.

그 선계를 떠나 속계로 내려오면 농사꾼에게는 아직 큰일이 남아 있다. 아니나 다를까, 전화가 울린다. 벼두레 콤바인 작업을 대행해주는 건넛마을 광철 씨다.

"나여~ 내일버텀 나락 털었으면 허는디…."

여부가 있나. 가을걷이가 시작되려는 순간이다. 새삼스레 마음이 바빠진다. 도랑치기를 끝내고 한 달 남짓 이어진 '작은 농한기'도 오늘로 끝이구나.

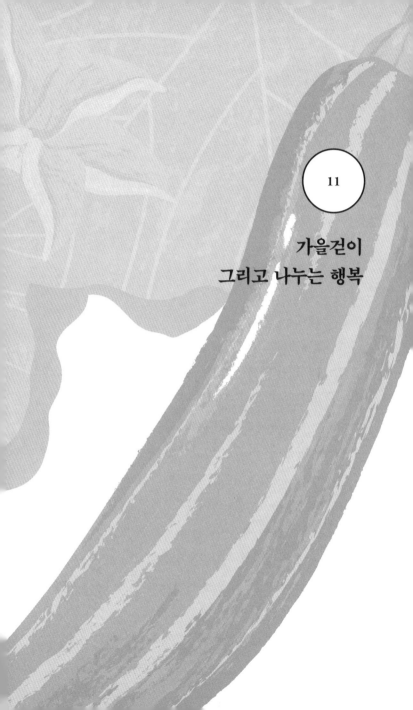

11

가을걷이
그리고 나누는 행복

모내기도 그랬지만 벼농사가 참 싱거워졌다. 그 옛날, 모내기와 함께 '큰일'로 쌍벽을 이루던 가을걷이도 마찬가지. 이 또한 주인 자리를 수확기계(콤바인)에 넘겨준 지 오래다. 온 동네가 들썩이던 그 시절, 가을걷이란 벼베기부터 볏단 말리기, 탈곡(타작), 나락 까불기로 이어지는 과정을 일컫는다. 예전엔 그게 열흘 남짓 걸리는 꽤 품이 드는 일이었다. 그 가운데서도 벼베기에는 일꾼들이 북적이면서 청명한 가을날을 달뜨게 했다. 걸은 반찬과 막걸리가 곁들여지는 들밥은 이 세상 최고의 맛이었다. 흥에 취해 노랫가락이 절로 나올 수밖에.

내 어린 시절, 아버지는 벼베기 하루 전 온종일 숫

돌에 낫을 갈았다. 인근 군부대에서 '농번기 대민봉사' 명목으로 벼베기를 도왔는데 우리 집에 배정되는 병사 수십 명이 쓸 작업 도구였다. 베어낸 벼는 한 아름씩 볏단으로 묶어 말리게 된다. 처음엔 논바닥에 한 줄로 세워 말리는 '줄가리'로 시작해 시일이 지나면서 이삭을 안쪽으로 마주토록 해 'Y'자 모양으로 예닐곱 단을 쌓는 '세발가리', 열십자 모양으로 쌓는 '네발가리' 따위로 모양을 바꿔가며 말린다. 적당히 말랐다 싶으면 탈곡을 한다.

탈곡은 타작, 바심이라고도 하는데 타작(打作)은 김홍도의 '타작도'에 나오듯 '개상'이라는 나무에 볏단을 내리쳐서 나락을 떨어내는 전통적 방법에서 비롯된 말이다. 근대 이후로는 그 방법이 홀태(그네)로 진화했다. 얼레빗처럼 만든 쇠붙이를 나무틀에 매단 연장인데 빗살에 벼이삭을 넣고 잡아당겨서 나락을 훑어낸다. 이어 일제강점기 즈음에 나타난 바심 도구가 '호롱기'다. 공식용어로는 어감도 이상한 족답탈곡기(足踏脫穀機)라 하는 모양이다. 아무튼 발판을 연신 밟아서 'U'자 모양의 굵은 철사가 촘촘히 박힌 원통을 돌리는데 이때 나는 소리가 '호롱호롱'으로 들려 그런 이름이 붙은 것이다. 뱅글뱅글 도는 호롱기에 벼 이삭을 들이대 나락을 떨어낸다. 이 호롱기에 여러 편의

장치를 덧대 개선하고 경운기나 내연기관을 연결해 벼이삭을 터는 기계가 탈곡기다.

이렇듯 벼를 베서 말리고 탈곡을 하기까지는 적어도 열흘 남짓이 걸렸다. 그런데 요즘은 이 기나긴 과정이 단번에 이루어진다. 그것을 가능케 해준 혁신적인 기계가 바로 콤바인이다. 자체 엔진을 달아 궤도바퀴로 움직이는 탈곡기라 생각하면 된다. 벼베기부터 볏단 이송, 탈곡이 한꺼번에 이루어진다.

거둬들인 나락은 알맞게 말려야 한다. 이즈음 시골의 포장도로를 지나다 보면 멍석망에 나락을 널어 말리는 풍경을 흔히 볼 수 있다. 하지만 이는 경작 면적이 얼마 안 되는 이들의 경우고 웬만한 농가는 보일러식 건조기를 쓴다. 수매를 하는 경우 미곡종합처리장 (RPC) 초대형 건조시설에서 말린다.

사정이 이러니 오늘날의 가을걷이 공정에서 농부들이 실제 맡은 일이란 콤바인 작업을 지켜보다가 간단한 보조역을 해내는 게 전부라 하겠다. 콤바인 작업자가 아예 조수를 고용해 보조역을 모두 맡기는 경우 농부는 작업을 지켜보기만 해도 된다. 그러니 싱거울 밖에. 차라리 허망하다고 해야 할까?

따분함을 견디다 보면
절로 시인이 된다

벼농사두레의 가을걷이 또한 다르지 않다. 콤바인을 기다리다가 차례가 되면 논배미에 나가 수확 작업을 지켜보다가 톤백(대형마대자루)에 담은 나락을 건조시설로 옮겨 무게를 확인하면 그걸로 끝이다. 문제는 차례를 기다리는 일이 그리 녹록지 않다는 점이다.

벼두레 경작자들의 가을걷이를 대행하는 광철 씨는 고산권 중소농가의 수확 작업을 거의 도맡아 한다. 콤바인을 대형트럭으로 실어 나르는데 이 과정에 시간이 많이 소모되므로 구역 단위로 작업을 한다. A 농가의 여기저기 흩어진 논배미 수확을 모두 마친 다음 B 농가로 넘어가는 방식이 아니라, 소유 농가와 상관없이 작업구역의 모든 벼를 수확한 뒤 다른 구역으로 옮겨가는 방식이다. 그것이 훨씬 효율적임은 물론이다. 때문에 농가들은 정해진 차례를 기다려야 한다. 작업구역과 차례를 정하는 것은 당연히 작업자인 광철 씨 맘이다. 농가로서는 어쩔 도리 없이 '을'의 처지가 된다.

게다가 콤바인이라는 기계는 고장이 잦고 비가 내리면 작업이 불가능해 일이 늦어지거나 연기되기 일쑤다. 정확한 작업시간을 미리 알기가 쉽지 않아 직장일을 하다가 느닷없이 호출당하기도 한다. 이 경우 무리를 해서 허겁지겁 달려오거나 전업농인 내게 도움을 청한다.

그리하여 벼두레 전체의 가을걷이는 대략 열흘 남짓 걸리는 편이다. 수확 작업에 들어가면 모내기 때처럼 누가 시키지 않아도 그 진행 상황을 실시간으로 단톡방에 중계하게 마련.

> 시작한 지 한 시간 만에 기계 고장.
> 고치려면 시간 좀 걸릴 듯...
>
> 아이고 어쩐대요~ㅠ.ㅠ

우두커니 기계 수리가 끝나기를 기다리자면 자연스레 주변 가을 풍경에 눈이 가고 더러 시심이 발동하기도 한다. 끝내 따분함을 견디지 못하고 올린다.

> 붓 한 자루 내게 주오.
> 흰 구름 듬뿍 찍어
> 저 시린 하늘에 쓰리니
> 이 가을 나는 시인이려오.

♪ 아따, 농사도 짓고 시도 짓고~

조미 씨가 곧장 추임새를 넣는다. 화답을 아니 할
수 없으니

♪ 먼 소리, 농사가 곧 시여~

한 배미 끝날 때마다 한 소절씩이다.

기다린다는 거
시간의 무덤일까?
아니라 할 수 없겠지.
그래도 희망한다
그 끝에 펼쳐지는
눈부신 풍경

그런데 정희 씨의 이런 반응은 '격려'일까 아니면
'야유'일까.

♪ 가을이고, 농사 마무리하느라 그러신가요?
    뭔가 맛난 거 같이 먹어야 할 거 같은 느낌이네요.

음... 여성 호르몬이 너무 많이 나오나 봐요.

기꺼이 일손을 나눠준
사람들이 있기에

시랍시고 끄적이는 사이 샘골 우리 논 수확이 끝나고 콤바인이 야호 씨 논배미로 넘어간다. 모내기 때 그랬던 것처럼, '마이크로농'에게 수확 작업은 순식간에 끝나 싱겁기 짝이 없고 허망하기까지 하다. 하지만 첫 수확의 기쁨이란 이루 말할 수 없는 것. 말 그대로 감개무량하다. 수확 직전 논배미에 뛰어들어 영화의 주인공이라도 된 듯 '황금 물결'을 배경으로 기념사진 찍기는 기본이고, 볏단을 엮어 '꽃모자'처럼 머리에 쓰거나 '꽃다발'처럼 품에 안고 포즈를 취한다. "빛나는 햇나락을 터신 언니께 꽃다발을 한아름 선사합니다~" 졸업 노래에 맞춰 노래 부르며 동영상을 찍기도 한다.

수확을 시작한 지 열흘 남짓 만에 외진 너멍굴 천수답 다섯 마지기를 끝으로 벼두레 가을걷이가 모두 끝났다. 수확의 기쁨은 별도로 하고 가을걷이는 대형 저울에 새겨진 눈금(숫자)으로 남는다. 저마다 지난해

소출과 견줘 풍흉을 가늠해 보지만 거기에 일희일비하진 않는다. 나락을 말려 방아를 찧은 뒤 맛보게 될 햅쌀밥에 벌써부터 마음이 설레는 것이다.

벼두레는 삼거리미곡처리장(정미소)을 고정 거래처로 두고 건조와 방아를 맡긴다. 나야 생계형 벼농사이니 도농직거래로 쌀을 판매하지만 '레저농'들은 주곡 자급이 목적이라 백미, 현미, 5분도미 등 저마다 취향대로 방아를 찧는다. 물론 한두 배미 농사지만 자가소비를 하고도 많이 남아 이 순간만큼은 모두가 '쌀부자'들이다. 얼마나 뿌듯한지 모른다. 해서 보통은 가족, 친척과 나누거나 작게 포장해 여러 친지에게 돌리기도 한다. 경작 면적이 좀 되는 경우 처분해야 할 물량이 많아 알음알음 팔기도 한다. 이렇듯 땀 흘려 거둬들인 결실을 좋은 사람들과 나누는 일은 더할 나위 없는 즐거움이다.

사실 나눔은 그것만으로도 뜻깊은 일이다. 나는 여기서 한 걸음 더 나아갔으면 하고 또 늘 그러려고 애쓰는 편이다. 나눔은 함께 어울리고 더불어 누리는 좋은 핑계가 될 수 있기 때문이다. 나눠 갖는 것도 좋지만 나눠 먹고, 나눠 마시는 건 더 좋다고 생각한다. 그 점에서 두레 농사로 고락을 함께해온 '도반'들과 나눔을 하는 건 크나큰 기쁨이 아닐 수 없다. 첫 방아를 찧자마자 날을 잡아 '햅쌀밥 잔치'를 여는 까닭이 여기에 있다. 단톡방에 잔치를 알리는 공지가 올라오는가 싶더니 일반회원 열댓 명의 명단이 주르륵 뜬다.

- 석호, 희란, 영채, 희선, 모모, 미정, 정경, 토리, 심술, 주란, 순례, 근철, 홍유, 하말... 뭘까요?
- 착한 사람들!
- 딩동댕~ 네! 자기 농사는 한 평도 안 지으면서 볍씨파종-못자리-모판 나르기에 이르는 올해 벼두레 협동작업에 소중한 일손을 나눠주신 분들입니다. 그 고마움에 보답하는 뜻으로 해마다 그래왔듯 올해도 작은 선물(백미-현미 햅쌀 세트)을 준비했습니다. 먹잘 것 없다 타박 마시고 부디 정성으로 받아주시면 고맙겠습니다.
- 우와 고맙고 감사^^
- 고맙습니다. 재밌고 좋은 경험이었습니다.
- 올해까지만 하려고 했는데 이러시면····.
- 나도 내년엔 꼭 파종하러 가야지~
- 부럽기도 하고 장하기도 한 시간!
- 다들 멋지심다~

나눌 수 있어서
더 행복한 가을

이윽고 햅쌀밥 잔칫날. 김이 모락모락, 윤기가 자르르 흐르는, 반찬이 없어도 맛있다는, 밥 자체가 밥도둑이라는 그 햅쌀밥이 밥상에 올랐다. 반찬은 미역국에 겉절이, 김이 전부지만 다들 한 공기 이상 뚝딱 해치운다. 준비한 밥이 모자라 두 번인가 더 지어야 했다. 그렇다고 밥만 먹을 순 없는 노릇이고 반주를 곁들이는 게 당연하니 술안주는 저마다 한두 점씩 싸 들고 왔다.

신이 난 아이들은 계단을 오르내리며 숨바꼭질에 정신이 팔렸다. 어른들은 이런저런 주제를 넘나들며 때로는 진지하게, 때로는 배꼽을 잡으며 시간 가는 줄 모르고 얘기꽃을 피웠다. 밤이 이슥해서야 집으로 돌아가는 이들의 두 손엔 햅쌀 꾸러미가 들려 있게 마련이다.

나눔은 이것으로 그치지 않는다. 떡 잔치가 있다. 먼저 지역 잔치인 단오 한마당 때 했던 손 모내기 체험을 기억할 것이다. 그 논에서 수확한 쌀에는 체험에 참가한 아이들 몫도 포함돼 있으므로 그 가운데 일부로 가래떡을 빼 흔히 '가래떡 데이'로 불리는 농업인의 날(11월 11일)에 초중고 학생들에게 나눠준다. 다음으로 방아를 찧다 보면 으레 그 부산물로 싸라기가 나오게 마련인데 그 양이 제법 되는 편이다. 이걸로 가래떡을 뺀 뒤 떡국떡으로 썰어서 벼두레 회원들과 나눈다. 여럿이서 나누니 그 양이 많지 않지만 그래도 나눔의 정성에 고마움을 느끼게 된다.

또 있다. 방아를 찧으면 겉껍질인 왕겨가 나오는데 시골에서는 요긴하게 쓰인다. 주로 마늘이나 양파 같은 겨울 밭작물을 덮어주거나 음식물 쓰레기와 섞어 퇴비를 만드는 등 쓰임새가 적지 않다. 벼두레 경작자들이 수확한 나락 대부분을 한꺼번에 찧으므로 그 양이 임청나다. 먼저 벼두레 회원을 상대로 신청을 받고 그래도 남으면 다른 씨앗농 회원들에게 돌린다. 다들 유기재배 밭농사를 지으니 유기농 왕겨가 꼭 필요하기 때문이다.

가을걷이가 끝난 들녘은 황금물결이 사라지고 본래의 흙빛으로 돌아간다. 날이 갈수록 바람은 거칠어지고 마음도 덩달아 쓸쓸해진다. 하지만 나눌 수 있기에 이 가을은 그나마 행복하다. 떡을 돌리고 나면 그해 농사 벼두레 활동은 모두 마무리된다. 이제 농한기 국면으로 접어드는 것이다. 이 틈을 비집고 단톡방에 벙개가 하나 뜬다.

[벙개] 이 가을과 헤어지기 전에~

절집 앞 은행잎은 이제 다 져버렸지만

들머리 계곡 숲엔 휑한 바람이 불어오겠지만

그래도 단풍 빛깔은 아직 곱겠지요.

아련한 가을 기운에 휩싸인 화암사,

그 무심한 경지는 그대로일 거예요.

새벽을 하얗게 뒤덮었던 무서리를 내쳐

녹여버린 저 따사로운 햇볕과 함께

그 절집으로 떠나지 않으시려오?

만추지철에 다시 기별하겠노라던

10월의 그 약속을 떠올린 아침.

오늘 2시 미소시장 주차장 / 2시 30분 화암사 주차장

12

농한기, 동안거부터
'벙개' 모임까지

‘농한기’ 하면 마냥 가슴이 부풀던 시절이 있었다. 농한기 기다리는 낙으로 농사짓고, 농한기 없으면 무슨 재미로 농사짓나 했었다. 왜 아니 그렇겠나. 일 년 중 가장 느긋한 시절이다. 쟁여둔 것들 야금야금 축내면서 몸을 누그러뜨리고 다가올 농사철을 기다리는 때.

농한기는 가히 딴 세상 얘기다. 1년에 서너 달을 빈둥빈둥 놀고먹을 수 있다니 놀랍지 않은가. 그 자유시간을 어찌 꾸려갈지 궁리하다 보면 그렇게 설렐 수가 없었다. 좋은 경치와 훌륭한 볼거리, 맛있는 먹거리 찾아 산으로, 바다로, 명승지로…. 한 마디로 ‘오감만족’이다. 그곳이 해외라도 마다할 이유가 없다. 여건만 된다면 말이다. 한동안은 틈나는 대로 이리저리 쏘

다녔더랬다. 견문도 넓히고 감성적 욕구도 채우고, 오죽 좋은가. 안 그래도 '죽기 전에 꼭 가봐야 할 00곳' 따위의 유혹이 넘쳐나는 시대다. 어떤 일을 꾸미다가도 갑갑증이 일 때마다 훌쩍 떠나도 거리낌이 없었다.

그런데 어느 순간 이 또한 싱거워지더라 그 말이다. 생각해보니 이 여유로움은 '이게 웬 떡이냐'가 아니라 본시 농사꾼 팔자였더란 말이다. 아무리 생각해봐도 역마살이 낀 것 같지는 않은데 마치 무슨 의무감처럼 자꾸 여기저기 떠돌려 하는 건 너무 작위적이고 우습지 싶다. 해서 굳이 멀리까지 떠나지 않더라도 문화적, 감성적 욕구를 채울 수 있는 여건을 갖추는 편이 더 낫지 싶은 것이다. 가령 이런 거다.

시골은 문화적 소외
지역이다?

그때도 11월 중순이었으니 농한기에 막 들어섰을 무렵이었다. 저녁 시간에 '읍내카페'에서 음악공연이 펼쳐졌다. 가야금 산조와 25현금의 현란한 가락, 그리고 3인조 밴드의 정통 재즈. 그야말로 아름다운 선율이 가을밤을 수놓았더랬다. 공연 뒤풀이에서는 늘 그래왔듯 와인이 제공된다. 나처럼 촌스러운 주당들은 따로 소주며 맥주를 준비해두지만.

이런 식의 문화공연은 내가 고산에 자리 잡을 즈음부터 꾸준히 이어지고 있다. 음악공연뿐만이 아니다. 잊을 만하면 미술전시회가 열리고, 이름 짜한 이들의 초청 강연도 줄을 잇는다. 〈음주가무〉니 〈생활 속의 인문학〉이니 그새 내건 문패는 바뀌었지만 공연(강연)과 와인파티(뒤풀이)라는 콘셉트는 여적 그대로다. 다들 자그마한 면소재지에서 이런 일이 벌어진다는 게 믿기지 않는 모양이다. 공연실황을 전한 페이스북에 달리는 댓글은 하나 같이 "(개)부럽다".

흔히 시골살이의 단점으로 '문화적 소외'를 꼽는데, 실은 정반대가 아닌가 싶다. 여기만 그런지는 모르겠으나 내가 보기에 시골 쪽이 문화적으로 더 풍요롭다. 기회가 적고 선택의 폭이 좁을 뿐. 기회가 많으면 뭐하나? 선택할 여유가 없는데. 선택의 폭이 좁으니 더 욕구가 높고 기회가 닿는 대로 누리는지도 모르겠다. 하다못해 '촌로'는 서예에 심취하고 '촌부'는 에어로빅에 열광한다.

그렇다 하더라도 이 동네에 문화의 꽃이 만발한 데는 다 이유가 있다. '문화도시' 전주와 가깝다는 지리적 이점도 분명 있다. 하지만 전주와 가깝다고 다 이렇지는 않다. 여기보다 더 가까운 읍면이 째고 쌨지만 내가 보기에 고산에 못 미친다. 다 그만한 역량을 갖추었기에 가능한 일이다.

무엇보다 내가 '읍내카페'라 일러온 커피점. 커피와 음료를 파는 가게지만 그 실체는 고산의 문화 중심지라 할 만하다. '서쪽숲에 네발요정이 내린 커피'라는 숨넘어가게 긴 상호를 달고 있어 사람들은 보통 '서쪽숲'이나 '네발카페'로 줄여 부른다. 벼두레 이사인 조팝 씨가 운영하는 곳이다.

나는 소득보다 자유를 추구하지만 이 카페는 이윤보다 '사회공헌'을 중시하는 무척 이타적인 곳이다. 공연이나 강연이 잡힌 저녁 시간에는 눈물을 머금고 장사를 접는다. 공연뿐 아니라 전시공간으로, 강연장으로 읍내카페는 이 동네 '문화의 전당'이라 불러 손색이 없다. 이 동네를 다녀간 적 있는 한 서울 친구는 이곳을 "커피보다는 문화행사를 우아하게 파는 곳"이라고 평하기도 했다.

당연한 얘기지만 핵심은 카페라는 물리적 장소가 아니라 사람이다. 괜찮은 공연과 강연, 전시를 할 예술가와 작가를 데려와야 한다. 그거 아무나 못 한다. 그걸 해낼 수 있는 역량을 갖춘 이들이 이 동네에 있다는 얘기다. 재능기부라는 형식으로 그것이 이루어진다. 더 길게 쓰지 않겠다. 읍내카페에 오면 그 주인 공들을 만날 수 있다.

이제는 역마살 대신 동안거

한 가지 걸리는 게 있다. 좋은 예술가와 작가를 '모시려면' 돈이 들게 마련이다. 아쉽지만 아직은 행사 주최자나 동네 사람들이 그 비용을 모두 감당할 깜냥이 못 된다는 것. 해서 행정기관에 기댄다는 것이다. 이 때문에 나는 가끔 자유보다 '고소득'에 끌리기도 한다.

지금보다 소득을 더 늘리려면 내 사전에서 농한기를 지워야 한다. 사실 지금보다 조금 더 벌었으면 하는 생각이 간절하긴 하다. 당장 쪼들리지는 않지만 지금 사는 집을 짓느라 빚을 떠안았고, 애들이 커 갈수록 부담도 늘 수밖에 없다. 특히나 벼두레 회원을 비롯한 '도반'들과 더불어 누리자면 거기에도 비용이 든다. 세상에 공짜가 어디 있는가.

사실 예술을 향유하고 문화적 풍요를 누리는 것만으로 삶이 아름다워지는 것은 아니다. 인간이란 영생

하는 존재가 아니기 때문이다. 삶을 마감하는 그 순간까지 누리기만 할 것인가. 그래서다. 문득 남은 세월을 헤아려보다가 이제는 슬슬 삶을 갈무리해 가야 할 때가 되었다는 자각에 이른 것이다. 벌이고 펼치는 일을 그만둘 건 아니지만 끊임없이 이어지는 욕망을 허겁지겁 쫓기만 하다가 마침내 삶의 덧없음을 한탄하며 눈을 감을 순 없지 않겠는가 이 말이다. 적어도 태어나서 겪은 세계의 본질이란 대체 무엇이며, 꾸려온 삶이란 어떤 의미인지 깨달아야 하는 것이었다. 죽기 전에 어디를 가 보고, 무엇을 누리는 것도 좋지만 죽기 전 '깨우침'이 더 절실하게 다가오는 것이다.

그래서 한겨울만 되면 계절병처럼 콕 처박히게 된다. '동안거'에라도 들어간 듯 거의 두문불출이다. 무슨 면벽참선을 하는 건 아니다. 물론 적멸을 향해 스스로 궁극의 깨달음을 구하는 불가의 수행은 꽤 매력 있게 다가온다. 그러나 이 나라에서 주류를 이루는 선불교 전통은 선뜻 공감하기 어려운 바가 있다. 요컨대 '불립문자 교외별전'의 기치 아래 화두를 붙들고 선정에 들어 한순간에 몰록 깨치는 확철대오나 돈오성불을 좇는 수행 말이다. 어쨌거나 불가의 수도승처럼 도량을 찾아, 선지식을 따라, 도반과 함께 도 닦을 처지가 못 되니 확철대오란 그림의 떡이요, 그럴 일도 아니지 싶다. 면벽수행이되 화두 대신 책을 붙드는 그런 수행이라고 할까. 그러니 내 동안거 수행에서 '불립문자'란 도무지 있을 수 없는 설정인 셈이다. 오히려 활자를 파고드는 것이 유일한 방편일 수밖에 없다.

무수한 '벙개' 모임이 이어지는 우리의 농한기

물론 내 얘기일 뿐이다. 다른 이에게 본이 될 것도 아니고 벼두레라는 조직과는 더더욱 어울리지 않는다. 회원 가운데 벼농사만 짓는 사람은 오직 나 하나고 다들 겨울에도 생업에 매달려야 하니 농한기 하고는 아무 상관이 없는 이들이다.

벼두레로 말하자면 더 펄떡거려야 하고 여건이 되는 한 일을 벌이는 게 더 자연스럽다. 그래서 가을걷이가 모두 끝나고 공식 프로그램이 없는 가운데서도 벼두레 사람들은 활발히 움직인다. 단톡방을 끈으로 이런저런 '벙개'와 다양한 개별모임을 이어간다. 가령 이런 것.

‸ 또 가을비는 내리고 마음은 울적해지는 이런 날...
  〈보헤미안 랩소디〉 보러 갈까요?

‸ 어디서 하는데?

‸ 전주 시내 여기저기 많이 걸렸어요.

‸ 전 며칠 전에 봤는데··· 괜찮아요.

‸ 밥 한 번 먹으면 더 안 먹나?
  음악 한 번 들으면 그 곡 다시 안 들어?

‸ 우리 둘째놈도 어제 친구들이랑 봤는데 재밌더래.

‸ 이왕 보는 거 스크린X 추천이요.

‸ 8관 5시 10분, 두툼한 손수건 준비하라는 정보가
  있군요.

‸ 강추요~

‸ 머큐리 원정대 출발~ 영화 끝나면 7시,
  고향집에서 아구찜에 막걸리 한잔 어때요?

‸ 저요!

‸ 저도!

‸ 전 대체근무로 목포 갑니다~ㅠ.ㅠ

　영화 관람 말고도 튀밥으로 쓸 묵은쌀 나눔, 회원
출판도서 증쇄 축하, 풍물패 뒤풀이 따위가 이어지는
데 이런 것이야 그렇다 치고, 지역 월간지에 인터뷰가
실렸다거나 갓 담근 김장김치에 수육과 생굴을 곁들

이자고 '농한기 프로그램 의견 수렴'을 내세우는 건 누가 봐도 핑계가 되겠다. 회원들의 집행부회의 참관이나 뒤풀이 참석도 권장 사항이다. 사정이 이러다 보니 결국 이런 공지가 뜨고 만다.

[알림1] 올해는 벼두레 송년모임을 건너뛰고 신년모임으로 대신합니다. 안 그래도 나눔을 빙자해 그동안 많은 모임이 열려 부담이 되는 데다 새해가 밝자마자 엠티가 열리는 점을 감안한 조치입니다. 아쉬워하실 분이 많을 줄 압니다만 널리 헤아려주시기 바랍니다.

[알림2] 벼두레 엠티에서 다룰 핵심의제는 '농한기 강좌 주제 선정'입니다. 당일 참가하셔서 의견을 내주시는 게 좋겠지만 참가가 어려우시거나, 미리 환기를 시키는 차원에서 이 톡방에 제안해주시면 고맙겠습니다.

새해 겨울 바다에서 열리는 토론회

그리하여 새해 연휴가 끝나자마자 1박 2일 엠티(연찬회)를 떠나는 것이다. 엠티 장소로는 야호 총무의 '사심'이 크게 작용해 주로 바닷가를 찾는다. 그동안 다녀온 곳을 꼽아 보면 서해안의 모항, 무창포, 구시포 등지다. 오랜만에 바닷바람 좀 쐬고, 저녁 먹고, 주제토론과 뒤풀이 순서로 진행되는 게 보통이다. 필시 엠티를 핑계로 겨울 바다 나들이 다녀왔다고 여길 수도 있겠다. 잊을 만하면 공직자들의 외유성 해외연수가 사회문제로 떠오르는 마당이니 그와 겹쳐 보이기도 하겠지만 굳이 그걸 부인할 생각도 없다. 그 주제토론이라는 것이 1박 2일 일정 가운데 고작 두어 시간에 지나지 않는 게 사실이니. 나머지는 바닷가 산책하다가 수산시장 들러 손수 횟감을 골라 활어회 뜨고 매운탕 끓여 저녁 먹고, 어둠이 내린 해변 모래사장을 거닐다가 조개구이에 소주 한 잔. 뻔한 시간을 보내게 돼 있으니 말이다. 그래도 보통은 '농한기 강좌 주제 선정'을 주제로 한 토론에는 저마다 앞다퉈 발표하고 열띤 논쟁이 펼쳐지기도 한다. 전문가를 불러 강의를 듣거나, 말 그대로 멤버십 강화(엠티)를 위한 품격 높은 레크리에이션을 진행하기도 한다. 이튿날 아침 귀갓길에는 명승지에 들른다. 숙박 프로그램이라선지 많은 회원이 함께하지는 못하고 대체로 15~20명이 참가한다.

초창기에는 멀리 떠나는 숙박 엠티 대신 저녁시

간을 이용해 회원 집에서 진행했더랬다. 벼두레가 애초 농한기 공부모임에서 비롯되었음을 기억할 것 이다. 그러다가 두레작업을 펼치고 갖가지 놀이판 을 꾸리면서 공부모임은 '농한기 강좌'라는 단일 프 로그램으로 정비되기에 이른 것이다.

술 빚고 장구 치고 '알쓸신잡' 찍는 동아리 회원들

아무튼 새해 첫머리를 회원 엠티로 열어젖 혔으니 농한기 국면에서도 그 에너지를 받아 활발 하게 움직인다. 조금 전 훑어본 소소한 벙개 모임이 나 다음에 살펴볼 농한기 강좌 말고도 꽤 다양한 편 이다.

먼저 동아리 활동을 들 수 있다. 앞서 몇 차례 언 급한 막동이(막걸리 빚기 동아리) 말고도 풍물패와 산 악회가 있다.

풍물패는 2017년 3월에 첫발을 떼었다. 정월대 보름처럼 풍물굿이 요긴한 잔치판에서 그 자리에서 급조한 패로는 아무래도 어설픈지라 안정적인 기반 을 갖추자는 뜻이 컸다. 참여자 개인의 학습 욕구가 바탕에 깔려 있음은 물론이다. 어쩌다 보니 나를 막내로 하는 늙다리 셋이 뭉치게 됐다. 게다가 다들 채한 번 제대로 잡아본 적 없는 신출내기들. 어쩔 수 없이 학창시절 풍물깨나 쳤다는 심술 씨를 사부로 모셨는데 "장구를 익히면 다른 악기는 거저 먹는다"며 장구 강습을 제안했다. 게다가 잔뜩 멋을 부리고 가락이 현란한 전라우도 가락이란다.

　매주 정해진 요일 저녁이면 한 시간 남짓 복판을 두드리고 변죽을 울려댔다. 비록 휴강과 결석이 잦아 생각만큼 실력이 늘지는 않았지만 꾸역꾸역 꾸려왔다. 한여름이 아니어도 강습이 끝날 즈음엔 송골송골 땀이 맺히게 마련이라. 뒤풀이, 선술집으로 자리를 옮겨 세상사를 더듬고 시골살이를 뒤적이는 맛은 또 어떻고. 사실 그 맛에 장구를 쳐왔는지도 모르지. 장구 연습 1시간에 뒤풀이는 2~3시간이니 "장구가 목적이야? 뒤풀이가 목적이야?" 하는 악의 없는 비아냥이 끊이지 않았다. 그도 그럴 것이 거의 매번 뒤풀이 시간과 장소를 벼두레 단톡방에 알린 것. 이로써 '술 고픈' 이들의 안식처요, 지역사회 술판의 전진기지 노릇을 톡톡히 한 셈이다. 언젠가는 뒤풀이 자리에서 나무젓가락 한쪽으로 맥주병 뚜껑을 따는 묘기를 찍은 동영상을 단톡방에 올려 폭발적 반응을 끌어내기도 했다.

그래도 '술값'은 제대로 하는 게, 두레작업이나 양력 백중놀이, 황금들녘 풍년잔치 같은 잔치판에서 아쉬운 대로 서툰 솜씨를 발휘했다. 그 사이 길게 또는 짧게 거쳐 간 사람이 꽤 되고 성원도 많이 바뀌었는데 코로나19 확산으로 실내 강습이 금지된 이후 지금은 활동이 잠정 중단된 상태다.

다음으로 '사니조아'라는 이름의 산악회. 2015년경 출범해 부침을 겪으며 꾸준히 맥을 이어 오고 있다. 벼두레 산하라 명시하지는 않으나 성원 모두가 벼두레 회원이다. 실제로 산행 전후에 목적지와 인증샷을 벼두레 단톡방에 올리기 때문에 사실상 산하인 것으로 여겨지고 있다. 갈수록 새로 합류하는 회원이 늘고 있는데 그것도 젊은층이 주류여서 생기가 돈다고 한다. 산행이 끝나면 보통 고산읍내로 돌아와 '하산주' 자리를 갖는데 산악회 멤버는 아니면서 이 자리에는 함께하는 이들도 있다.

막둥이의 경우 2020년 4월 출범한 신생 동아리다. 벼두레 행사에 맞춰 술을 빚기 때문에 활동이 불규칙하지만 회원들의 참여 열기는 높은 편이다. 이들 셋 말고도 새로운 동아리를 꾸리려는 움직임도 일고 있다.

그 가운데 하나가 '주제가 있는 수다 클럽'. 가칭 〈인사불성〉(인간과 사회를 두주불사로 성찰하는 사람들)이다. '고산판 알쓸신잡'이라고 할 수 있는데, 월 1회 정도 주제를 정해 술 또는 차를 곁들인 '현학적인' 대화를 나누자는 것이다. 텍스트를 특정해 진행하는 독서토론이 아니라 주제와 관련된 참고문헌을 공유하는 정도에서 느슨한 방담을 나누자는 것. 2022년 정기총회에서 조팝 씨가 공식 제안한 상태다.

한편 코끼리유치원이 벼두레의 일원으로 원아들의 벼농사 체험교육을 실시하고 있음은 앞서 살펴본 바 있다. 주요 농사공정을 아이들이 몸소 체험하거나 견학하도록 배려하는 것. 거둬들인 나락을 햇볕에 말려 보관해뒀다가 설 연휴 직전에 방아를 찧는다. 이를 조금씩 나눠 주어 자신이 지은 쌀밥을 맛보게 한다.

문제는 수확량이 많지 않아 도정해주는 정미소를 찾기 어렵다는 점이다. 궁리 끝에 우리 집 방아를 찧는 날 함께 찧기로 했다. 거래처인 삼거리미곡처리장 사장은 견학을 온 30여 명 아이들에게 공정을 하나하나 친절히 설명해준다. 높이 솟은 도정시설을 처음 본 아이들이 눈빛을 반짝인다. 도정이 끝난 쌀자루를 교사와 아이들이 함께 들어 매어 통학버스에 싣는다. 그야말로 산교육인 셈이다.

벼농사 체험교육에 도움을 주어 고맙다는 인사와 함께 나도 그 쌀 한 봉지를 건네받았다. '우리가 농사지은 쌀-코끼리의 소중한 분들께 드립니다. 꼬마 농부 올림'. 서툰 글씨로 쓴 스티커 라벨이 붙어 있다. 뒷면에 적어놓은 '섭취 시 주의사항'도 웃음을 자아낸다. '단 한 톨의 쌀도 흘리거나 남겨서는 안 되며, 흘린 밥은 3초 안에 주워 먹으면 안전함. 이 쌀로 지은 밥을 섭취 시 반드시 꼬마 농부에게 3회 이상 감사를 표현할 것(과하게 표현할수록 좋으며, 표현하지 않을 시 밥풀이 입안에서 곤두서는 몹시 어색하고 애매한 맛을 보게 됨).'

우리 동네
명절 대피소

한편 설 연휴가 끝나갈 무렵 벼두레 단톡방에는 '생존자들'의 뒷담화가 펼쳐지게 마련이다.

> 그나저나 해가 갈수록 명절 풍속도도,
> 사람들의 생각도 급속히 바뀌는 거 절감합니다.
> 설 전에 올린 백석 시-여우난골족-에 묘사된

풍경이야 지금부터 80년 전 얘기니
말할 것도 없고. 일족이 모이는 것 자체를
어른이고 애들이고 모두가 부담스러워하는
세태잖아요? 차례 지내고, 성묘하고, 세배하고
나면 내려온 것들은 차 막힌다며 서둘러
떠나고···. 음복술에 취했던 것들도 취기가
깨고 나면 썰렁한 분위기를 참지 못하고 서둘러
집으로 돌아오는···. 그럴 거 무엇 하러 모이느냐
이겁니다. 차라리 명절을 폐지하는 게 어떨지^^

⌃ 격공! 시댁 도착하자마자 "그동안 설거지 많이
했으니 이번엔 안 하겠다"고 선언했어요.
대신 남성 한 명씩 지목해서 시켰지요.
그래도 형님들하고 어머니가 일하는 동안 방에서
누워 있자니 찔리는 마음은 어쩔 수 없고요.
남편은 자기 형제랑 놀고 신나는데 나는 억지
수다 떠는 걸로 만족해야 한다는 것이···.^^

⌃ 우와~ 조미 쎄다!

⌃ 제가 18년 동안 설거지할 때 남성분들은 평균
1.8회 했을 텐데 센가요? ㅋㅋㅋ

⌃ 우와~ 조미 장하다!로 수정!

⌃ (사진) 명절 폐지하면 울 엄니 고스톱 판 벌려

사위 셋 주머니 터는 재미 없어지니 안 돼욧!

- (사진) 우리 집은 아들네는 처가에 가고 엄마하고 딸 둘, 여자들만의 수다 좋네요^^
- 집집마다 다른 풍경 이 시대 민속이겠죠?
- 난다 님은 다음 주 농한기 강좌 때 부안 '뽕주' 좀 보급 안 되겠소?^^
- 뽕주는 다 떨어져서…, 대신 부안의 또 다른 명주 '그라주' 가져갈게요.
- 그라시쥬~

어느 해 추석 연휴였는데 통통 씨와 청년들이 '명절 대피소'라는 걸 차렸다. 말하자면 명절이라고 딱히 찾을 곳이 없거나 이런저런 이유로 포기한 이들을 위한 쉼터인 셈이다. 읍내카페 앞 야외 테이블에 전을 차리고 황태구이, 어묵탕 따위 간단한 안주와 생맥주를 비롯한 주류를 제공했다.

연휴 초반에는 주로 청년층이 대피소를 찾았고, 추석 당일부터 이튿날은 나처럼 차례를 지내고 일찌감치 돌아온 아재들 차지가 되었다. 더러 남편과 아이들한테서 도망쳐 나온 아짐들도 눈에 띄었다.

어쨌거나 갈수록 가족의 테두리에서 벗어나는 명절 풍속도를 어떻게 봐야 하는지. 그나마 가족의 빈자

리를 메워줄 이런 대안을 마련할 여건이 되는 게 어디
냐고 위안을 삼아보는 것이다.

13

인문학과
예술 강좌에 대한
뜨거운 열의

농한기 강좌는 엠티를 가서 주제를 잡을 만큼 중요하다. 이를 통해 벼두레가 무엇을 추구하는지 엿볼 수 있으니 좀 더 자세히 살펴보자.

첫해(2015년) 공부모임은 과외학습과 크게 다를 바 없었다. 처음엔 고산권에서 유기농 벼농사를 1~3년 지어온 이들이 모여 서로의 경험을 나누는 한편 선배 농부의 경험과 식견을 나누자는 뜻이었다. 실제 농사를 주제로 한 대화—토론식 공부를 생각했던 것이다. 그런데 뜻밖의 상황이 펼쳐졌다.

이 소식을 건너 들은 이들 가운데 벼농사에 관심 있는 사람이 적지 않았던 모양이다. 공부모임에 함께 끼어도 되겠느냐는 문의가 잇따랐다. 심지어 일언반

구도 없이 무턱대고 참석하는 이들까지. 벼농사에 대한 열의가 이리 뜨거운 줄 예전엔 미처 몰랐어요, 바로 그거였다.

모임에 생초보자가 늘어나다 보니 대화-토론보다는 원리를 설명하는 강의식 진행이 불가피하게 되었다. 애초 구상이 빗나가긴 했지만 이런 상황이 나쁜 건 아니었다. 가뜩이나 벼농사를 어려워하고 기피하는 분위기인데 이렇듯 해보겠다는 사람이 늘어나는 건 외려 반가운 일이었다.

이리하여 선배 농부는 느닷없이 싸부님이 되었다. 자연주의 삶을 실천하면서 오랫동안 유기농 벼농사를 지어온 강수 씨가 그 주인공. 강수 씨 또한 이런 상황이 당혹스럽긴 마찬가지였지만 많은 이가 자신의 강의에 눈을 반짝이니 내심 흐뭇한 눈치였고 정성을 다해 강의를 준비했다. 강수 씨는 흙, 물, 씨 같은 키워드를 주제로 (벼)농사의 기초지식을 일러줬고, 벼의 한해 살이를 통해 전체 흐름을 설명했다. 특히 우리 전통농법과 바이오다이내믹(생명동태) 같은 새로운 농법을 버무려 생태 농업을 일깨웠다.

처음엔 경청하는 분위기였다가 중반을 넘어가면서는 궁금증을 참지 못하고 질문 공세가 이어지기 일쑤였다. '강의 질서'가 한 번 무너지면 걷잡을 수 없게 되는데 그때부터는 거의 질의—응답 비슷한 상황이 펼쳐진다. 그래도 강수 씨는 이 뜨거운 열기가 싫지만은 않은 표정이다.

강사도 청중도
술 한잔씩 하면서

모임은 평일 저녁시간에 회원들 집을 돌아가며 2주에 한 번 열렸다. 8시 넘어 모임이 시작되니 시간 가는 줄 모르고 집중하다 보면 어느새 11시에 가깝다. 뒤풀이가 쉽지 않은 것이다. 그런 이유만은 아니었지만 아예 처음부터 이런저런 먹거리, 심지어 술까지 풀어놓고 시작한다. 풀어놓기만 하고 멀뚱멀뚱 쳐다볼 건 아니니 강의야 진행되건 말건 술잔을 권커니 잣거니 하는 데 스스럼이 없다. 강사 또한 목이 마르거나 말문이 막히면 한 잔 쭈욱. 농한기 강좌의 유구한 전통은 이렇게 시작됐던 것이다.

공무모임 참가자 가운데 홍어 요리의 달인으로 통하는 근철 씨가 있었다. 홍어를 사다가 손수 삭혀서 요리를 하는데 이 음식을 맛본 사람들이 엄지를 치켜세웠다. 얼마 뒤에는 아예 삭힌 홍어를 잔뜩 싸 들고

와 현장에서 바로 찜을 해냈다. 물론 그날 공부모임은 홍어찜 잔치로 둔갑하고 말았다.

이듬해에도 먼저 연찬회를 열어 주제를 정하고 강좌 운영진을 꾸렸다. 이번에는 기초학습 대신에 실질적인 의제를 놓고 발제—토의하는 방식을 채택했다. 그렇게 선정된 주제가 쌀과 벼농사의 가치, 벼 자연재배의 원리, 유기농산물 유통망 구축 방안, 농사꾼 건강관리와 건강 먹거리, 농지 확보 방안과 놀이판 짜기, 벼농사 협업체계 구축 방안 등이다.

발제는 대부분 강수 씨 몫이었으나 주제에 따라서 그에 적합한 다른 회원이 맡았다. 지난해와 달리 회원들 집을 도는 대신에 지역경제순환센터 세미나실을 이용했다. 도중에 미국인 피터가 합류해 벼두레가 일약 국제조직(?)으로 발돋움하는 일이 있었다. 한국에 유학 왔다가 눌러앉은 지 10년이 넘었고 귀농을 준비 중이란다. 우리말이 능숙해 누군가 나이를 묻자 "양띠예요" 그런다.

그다음 해는 분야별로 외부 전문가들의 강의를 통해 깊이를 더하기로 했다. 주제도 벼농사에 국한하지 않고 농사와 농업 전반으로 넓혔다. 농업—농촌의 현실과 전망, 유기농 벼농사 한 해 살이, 유기농 채소 농사, 토종작물과 자연농, 여성 농민의 노동과 삶, 유기농 벼농사 제도와 정책, 농사꾼의 건강관리(한방과 대체의학) 등이 그것이다. 강좌 참가자는 주제에 따라 10~20명을 헤아렸다.

　여기에다 현장실습으로 낫질, 삽질, 괭이질, 쇠스랑질 등 농기구를 잘 다루는 법과 트랙터 몰아보기가 진행됐다. 강좌가 모두 마무리된 뒤에는 봄소풍을 겸한 1박 2일 수련회를 떠나 집락영농(공동체 농사) 원리와 전망을 주제로 강의를 들었다.

뜨거운 호응 속에 진행된 농한기 강좌

　가장 최근의 농한기 강좌는 코로나19 사태가 터지기 전인 2019년. 이제 웬만큼 농사 공부가 되었으니 주제를 (벼)농사에 국한할 필요가 없었다. 회원 엠티와 집행부회의에서 거듭 논의한 끝에 이번에는 참가대상을 회원뿐만 아니라 지역주민까지 넓히는 '대중강연'으로 기조를 잡고 횟수도 5회로 집약하기로 했다. 나아가 외부 전문가를 부르는 대신 벼두레 회원 가운데 전문가를 강사로 세우기로 했다. 자연스레 현수막을 내걸고 안내 전단을 인쇄해 읍내 거점 공간에 쌓아 두었다. 집행부회의에서 강연주제를 다섯 가지로 확정했다.

집행부회의에서는 이와 별개로 향후 벼두레 회원들이 강사로 나서는 연중 강연을 해보는 건 어떠냐는 고니 씨의 제안이 있었다. 비록 채택되지는 않았지만 회원 수십 명의 '전문성'에 바탕을 둔 원대한 기획이었다. 이 기획에 담긴 강사–강연주제 목록은 다음과 같다.(강사 이름 생략)

–마을 만들기 –〈노동인권 이야기〉 다이제스트 –록음악의 역사 –커피에 대해 알아보기 –출판의 역사와 현실 –주식투자 이야기(역사와 교훈) –한국 철도 이야기(역사와 현재) –전기라는 문명의 이기(안전수칙 포함) –요구르트, 어제와 내일 –우리가 알아야 할 약(성분과 부작용) –처음 만나는 문화인류학 –재미있는 그림 이야기 –수학의 역사 –영화 이야기 –영어 그리고 영어교육 –클래식 음악의 이해(역사와 장르) –전라우도 풍물굿 –약초의 쓰임새와 민간요법…. 이 밖에도 회원들의 전문성이나 재능과 연계된 리스트가 길게 이어졌다.

다음날 이 기획안이 벼두레 톡방에 공개되자 그야말로 난리가 났다. 그게 나하고 무슨 상관이냐, 전공이긴 한데 F학점 받았다, 차라리 뭐가 낫겠다부터 이

거 재밌겠다, 짧게라도 해보면 좋겠다까지 커다란 반향을 불러일으킨 것.

어쨌거나 그해 농한기 강좌는 홍보 덕분인지 뜨거운 호응 속에서 진행됐다. 자리를 림보책방으로 옮겼는데 강연마다 30명이 넘는 청중이 몰렸다.

첫 번째 '쌀의 인문학—우리가 몰랐던 벼농사 이야기'는 메인 강연인 셈이었고 벼두레 대표인 내가 맡았다. 제목 그대로 쌀과 벼농사 전반을 살펴보되 흥미로운 내용을 많이 다뤘다. 예컨대 조선 후기가 되어서야 쌀이 주식이 되었다든가, 세시풍속의 역사가 생각보다 짧다든가, 유기농 쌀이 밥맛이 좋은 과학적 근거 따위를 들 수 있다.

두 번째 강의는 '로컬푸드만 있냐? 로컬영화도 있다! – 우리 지역 영화 이야기'. 다큐멘터리 영화감독이면서 고산읍내 미소시장에서 가게(공동체들이 만든 물건)를 운영하는 홍홍 씨가 강사로 나섰다. 완주 사람들이 주인공으로 나오는 영화와 완주 사람(청소년)들이 손수 제작한 영화 몇 편을 감상하며 '우리 고장의 영화'가 지니는 의미와 가치를 살펴보는 시간이 됐다.

그 뒤를 이은 건 '존중감, 그리고 평등 감수성 익히기'를 주제로 한 성인지 강의였다. 흔히 '성희롱 예방교육'으로 알려져 있는데 고산권에서 주민단체 주최로는 처음이라고 한다. 벼두레 여성 회원들의 적극적인 제안으로 채택됐다. 20년 넘게 여성단체에서 활동하다가 고산으로 귀촌한 순례 씨가 강사로 나섰다.

제4강은 민속무예인 태극권을 맛보는 시간이었다. 시골살이에서 평소 꾸준히 할 수 있는 건강관리법을 체험해보자는 뜻에서 마련됐다. 5년째 태극권을 수련해온 고니 씨가 진행했는데 번쩍이는 황금빛 천으로 제작된 고유 수련복을 입고 나타나 참가자들의 눈이 휘둥그레지기도 했다.

강좌의 마지막은 '퍼머컬처 농장설계'가 장식했다. 마을 디자인 전문가이면서 퍼머컬처(생태적이고 지속가능한 농업) 전도사로 통하는 수영 씨가 강사로 나섰다. '벼두레 준회원 제1호'이면서 미소시장에서 한때 '고산 아재들 한잔 상담소'라는 술판을 운영했던 그 사람이다. 강의에서는 퍼머컬처 원리, 그에 따른 텃밭 설계와 가꾸는 방법을 영상자료와 함께 자세히 안내했다.

강좌는 매번 참가들의 질의가 빗발치고 열띤 토론이 펼쳐지는 등 뜨거운 분위기였다. 강연장에 막걸리와 맥주, 간단한 안주가 놓여 있고, 강사에게도 목을 축이라 한잔 권하는 유구한 전통은 변함이 없었다. 강연이 끝나고도 뒤풀이 자리와 벼두레 단톡방에서 뒷얘기가 이어졌다. 강좌가 모두 마무리된 뒤 벼두레 단톡방에는 약평을 담은 짧은 소감이 올라왔다.

> 강의는 물론 다 좋았고요. 또 좋은 점-자유로운 분위기,
> 술과 안주 제공. 안 좋았던 거-짧은 질의 응답. 다음
> 에 심화 과정 기획하면 더 좋을 듯요.

다섯 번 강의를 모두 들었다며 개근상을 달라는 화
영 씨의 평이다. 곧장 조미 씨가 '개근상 반대~ㅋㅋ
ㅋ'로 말문을 연다.

> 다 참석하진 못했지만 요즘 흔하게 넘쳐나는 여느 인
> 문학 강좌와 달라서 좋았고, 무엇보다 이웃에 계시는
> 분들의 이야기를 듣는 게 즐거웠어요.

코로나라는
복병

그해 강좌가 대성황을 이루고 호응이 뜨거웠
던 덕분에 이듬해도 비슷한 기조로 프로그램이 짜였
다. '생태적이고 행복한 시골살이'를 주제로 역시 다
섯 가지 강의가 마련됐다.

첫 강의가 열리던 날은 밤새 눈이 내렸다. 아침에 눈을 뜨니 설국이 펼쳐져 있었다. 보름 전 내린 어정쩡한 첫눈의 기억을 속 시원히 깔아버린 푸짐한 눈. 보기 좋았더라, 하지만 길이 막혔더라. 햇볕은 좋았지만 종일 찬바람이 불었다. 썰렁한 날씨 탓인지 객석도 좀 썰렁했다.

그래도 정년을 앞둔 노 교수의 음악 이야기는 뜻밖에 깊은 공감을 자아냈다. '뮤직토크' 프로그램을 통해 이미 오래전부터 이 동네에 이름이 짜한 이다. 이번엔 '나의 음악 인생'을 풀어냈다. 초등학생 시절 멋들어지게 불렀던 최희준의 〈하숙생〉으로 시작해 가곡과 클래식, 팝음악, 저항 색채의 포크, 국악, 뉴에이지로 이어지는 70년 가까운 파노라마.

어찌 술을 부르지 않을손가. 이번에도 객석의 간이 테이블에 막걸리와 맥주를 차려 두는 전통은 이어졌다. 누가 그랬다.

"이건 벼두레가 아녀~ 비어(beer)두레여~ 발음도 똑같네!"

고산에서 이십 리쯤 떨어진 화산에 사는 강사는 안 그래도 승용차 대신 드물게 다니는 버스를 타고 왔다. 반드시 술판이 벌어져야 한다는 일념으로. 따라서 강의가 끝난 뒤 질문은 사절, 뒤풀이 자리에서 받는 것으로 어렵지 않게 정리됐다.

뒤풀이는 바로 옆 생맥주집. 질문은 하나도 없고 다들 자신의 음악 세계를 풀어놓기 바쁘다. 어느새 민중가요로 화제가 모아졌다. 그 최신 경향으로 '연영석'이라는 이름까지 호명되더니 흥을 주체하지 못한 분위기는 급기야 라이브콘서트 모드로 일변한다. 열외를 인정하지 않는 돌려 부르기. 물론 술집 영업시간도 있으니 밤을 샐 순 없는 노릇이고, 하나둘 취기가 오르면서 술판은 제풀에 꺾이는 법.

참 알다가도 모를 일이다. 그날의 흥취가 단톡방으로 옮겨붙어 이튿날까지 이어졌다.

🌑 어제 강의의 울림이 크네요. 새벽 눈 뜨기 전, 잊고 있던 가곡을 머릿속으로 흥얼거리며 다음 노래 자리를 준비‥‥.

🌑 사회적 책임을 동반하는 예술가로서의 목소리. 가령 정태춘, 그다음 86세대는 김광석, 안치환도 있었죠. 80년대생 또래에겐 서태지와 신해철이라는 시대의 목소리가 있었지만, 서태지는 희미하게 증발했고 신해철은 꺼져버렸어요. 그래서 조금은 답답하기도 했어요.

🔺 어제 강좌 덕에 오늘 종일 회사에서 이어폰 끼고
음악 듣는 무리수를⋯. 벼두레는 벼농사 공부만
시키는 게 아니라 좋은 거 같아요~ㄱ

물론 세상일이라는 게 늘 아름답게 마무리되는 건
아니다.

술을 너무 많이 마셔서 오늘 하루 종일 누워서 갤갤~
6학년 올라오니까 옛날 같지 않네.

결국 예술적 향기를 뿜어대던 대화는 여기서 마침
표를 찍었다. 안타까운 일이 아닐 수 없다. 그해 농한
기 강좌도 이것으로 마침표를 찍게 됐으니.

느닷없이 들이닥친 코로나19 탓이다. 위기경보가
'심각' 단계로 올라가고 사회적 거리두기가 권장되었
다. 얼마나 공을 들여 준비했던가, 그리고 첫 강좌 이
후 남은 네 차례의 강의에 쏠린 뭇사람들의 기대를 생
각하면 아쉬움이 없지 않았으나 어이하랴. 방역당국
이 다중집회를 삼가길 권고하고 사회 전반의 움직임
또한 그러하니 눈물을 머금고 단안을 내릴 수밖에 없
었다. 아쉽지만 남은 네 번의 강의를 모두 취소할 수
밖에 없었다.

14

참을 수 없는
흉년의 가벼움

이제 앞에서 미뤄두었던 코로나19 팬데믹 시대의 '흑역사'를 돌아보려 한다. 사회 전반에 끼친 악영향이나 벼두레 회원 개개인이 겪은 악몽을 여기서 들출 여유는 없다. 그저 벼두레 전체 차원의 피해와 고통에 국한해 살펴볼 것이다.

벼두레로서는 코로나 초기 국면부터 그야말로 호된 신고식을 치러야 했다. 2020년 4월 정기총회가 예정돼 있었다. 예정대로면 회칙을 개정하고, 임기가 끝난 임원진을 새로 뽑았어야 한다. 지난 총회 때 사람들이 배꼽을 쥐며 즐거워했던 '멋진 회원상' 시상식이 회의장을 후끈 달궈놓았을 것이다. 뒤풀이 자리에서는 부딪히는 술잔 사이로 온갖 무용담과 뒷담화가 피

어울렸겠지.

그러나 코로나19가 바꿔놓은 새로운 질서는 이 모두를 물거품으로 만들었다. 1차 사회적 거리두기 캠페인이 끝나는 날에 맞춰 모든 게 착착 준비된 상태였다. 그러나 개학이 다시 연기되고, 정부가 더욱 강도 높은 사회적 거리두기 방침을 발표하면서 상황이 급변했다. 회의장을 예약해뒀던 기관에서는 대관 취소를 알려왔다.

이런 가운데서도 선뜻 정기총회를 유보하기가 어려운 사정이 있었다. 무엇보다 현 임원진의 임기가 끝나는 상황이 가장 걸리는 문제였다. 회칙에는 임원진을 "정기총회에서 회원들의 직접선거로 선출한다"고 명시하고 있다. 위기상황 아래서도 구성원의 선거권-피선거권은 보장돼야 하는 게 기본원칙 아니던가. 그래서 전쟁 통에도 선거를 실시하는 것이 '민주적 전통'이라고 교과서는 가르쳐왔다. 실제로 21대 국회의원 선거는 고강도 사회적 거리두기 기간 중에 예정대로 치른다지 않는가. 아찔한 장면이 적지 않은 선거운동과 투표소로 몰릴 인파는 몹시 위험한 상황을 부를 수 있다. 그래서 '총선 연기'를 주장하는 목소리가 있었지만 반향이 거의 없는 형편이었다.

벼농사두레가 한낱 임의단체에 지나지 않는다 하

더라도 바로 그 점에서 고민이 깊을 수밖에 없었다. 당시만 해도 확진자가 전혀 나오지 않은 동네이니 발열 체크, 마스크 쓰기, 안전거리 확보 같은 방역지침을 잘 지킨다면 그리 문제 될 게 없지 않겠냐는. 그러나 이런 판단이 '만에 하나'까지 씻어내지는 못하는 법이다. 그래서 어쩔 수 없이 기본원칙을 건너뛰어야하는 상황인지를 회원들에게 직접 묻기로 했다. 사상처음으로 온라인 투표를 진행했다. 예상대로 회원 대다수가 '총회 유보-현 체제 2년 연장'에 손을 들었다.

이리 호된 신고식을 치르고 나서 곧바로 농사철로접어들었다. 그나마 불행 중 다행이라 해야 하나?

풍년잔치 대신
위로마당

이미 일러둔 대로 가을걷이 이전까지는 실외활동이 대부분이라 벼두레 활동의 경우 팬데믹에 따른 결정적 타격을 입지는 않았다. 모든 협동작업이 예전처럼 진행되었고 뒤풀이 또한 심각한 영향을 받지 않았다. 모내기 뒤의 '가든파티'나 양력 백중놀이 또한 이미 살펴본 대로 이전과 다름없이 진행됐다. 가을걷이 이후가 문제였다. 연 이태 몰아친 최악의 벼농사 흉작이 상황을 더욱 어렵게 했다.

먼저 팬데믹 첫해인 2020년. 추래불사추(秋來不似秋). 가을은 왔으되 도무지 가을을 느끼기 어려운 나날이다. 코발트빛 새파란 하늘엔 뭉게구름 둥둥 떠가고, 들녘은 황금빛으로 물들어 넘실대야 하는 계절인데, 하늘빛이 어떤지 흥미를 잃은 지 오래고 논배미 쪽으로는 눈조차 돌리기 싫어 애써 외면하고 있다.

백수(白穗)현상 탓인데, 논배미를 둘러보면 볼수록 상황이 심란하다. 멀리서 바라보면 들녘은 온통 황금빛으로 일렁인다. 그러나 가까이 가면 갈수록 거뭇거뭇, 희끗희끗한 얼룩들이 먼저 눈을 후비고 들어온다. 오랜 장마와 거센 태풍에 치여 결국은 여물지 못하고 시들고 말라비틀어져 쭉정이가 되어버린 벼이삭. 상황이 나쁜 곳은 반타작이나 할 수 있을까 싶을 만큼 피해가 심각하다. 누구의 눈에도 대흉작은 불을 보듯 뻔하다.

불현듯 생각나는 게 있어 뒤적여 보니 바로 이즈음이다. 황금들녘 풍년잔치 말이다. 그런데 지금은 '풍년인지 아닌지는 수확을 해봐야 안다'고 우길 수 있는 게재가 아니다. 사실 해마다 해오던 거니 이번에도 눈 딱 감고 판을 벌여볼까 생각을 안 해 본 건 아니다. 그러나 과연 일을 벌일 만한 기운이 생길 것이며, 설령 기운을 차려 마련한들 무슨 신이 나서 누릴 수 있겠는 가 이 말이다. 가뜩이나 코로나19로 온 나라가 뒤숭숭한 시절이다. 지난 추석 명절도 쇠는 듯 마는 듯 지나오지 않았던가. 생각하면 할수록 풍년잔치하고는 어울리지 않는 시국이라는 사실이 분명해지는 것이다.

해서 벼두레는 풍년잔치를 건너뛰기로 뜻을 모았다. 하긴 중뿔날 것도 없는 일이다. 코로나19 탓에 지난 한 해 참 많이도 겪어오지 않았던가. 이리 따져보니 잔치를 치르지 못하는 마음이 한결 홀가분해진다.

그 대신 위로를 나누는 자리를 마련하기로 했다. 이름하여 '풍상들녘 위로마당'. 동네 사람들로 북적이는 잔치판 대신 모진 풍상을 겪은 벼두레 회원들끼리 서로를 다독이는 시간. 저마다 함께 나눌 먹거리, 위로를 전할 선물과 마음을 챙겨오라 하니 벌써부터 춤 연습하는 동영상이 단톡방에 뜬다. 아, 참을 수 없는 흉년의 가벼움.

치솟는 산지 쌀값,
그러나…

풍상이든 위로든 잔치가 끝나면 농부는 논배미의 나락을 거둬들일 것이다. 소출이 보잘것없다 하더라도 내쳐버릴 순 없는 노릇이다. 어쨌든 논바닥을 말리고 논둑 풀을 쳐내 가을걷이를 준비해야 할 시간.

짐작했던 대로 역대급 흉작이다. 혹시나 하는 기대도 없었다. 가을걷이가 끝난 들녘은 칙칙한 빛으로 을씨년스럽기만 하다. 태초의 공허로 돌아가 텅 비어버린 땅, 거기서 쉼과 희망을 끄집어내던 심성은 메말라버렸다. 그야말로 '슬픈 가을걷이'. 일주일 남짓 이어진 추수 기간은 마치 '애도주간'이나 되는 듯 착 가라앉았다. 얼굴마다 흐뭇하게 묻어나던 웃음기도, 탁배기 몇 순배에 흥청거리던 거나한 추임새도 싹 가셨다. 작업자는 묵묵히 기계를 몰 뿐이고, 농사꾼은 허허롭게 뜬구름만 바라볼 뿐. 반타작이네, 폭망이네, 하는 지경을 면한 게 그나마 다행이랄까. 그래도 레저농은 역시 레저농. 수확 작업 중인 콤바인을 배경으로 기념사진 찍기에 바쁘다.

'마이크로농'들은 경비를 빼고 나면 남는 게 없다. 그래도 식구들이 한 해 먹을 쌀은 너끈히 건진다. 게

다가 친지들한테 쌀 봉지 건네며 "내가 손수 농사지은 쌀"이라고 생색도 낼 수 있다. 멋지지 않은가.

이윽고 첫 방아를 찧었다. 황금들녘 풍년잔치는 건너뛰었지만 햅쌀밥 잔치까지 그냥 넘어가기엔 너무 속이 상하니 조촐하게 자리를 마련했다. 저마다 싸 들고 온 안줏감으로 상다리가 휜다. '3조 주사위' 놀이에 박장대소가 끊이지 않는다. 재치 있는 입담과 참신한 아이디어로 사람들을 놀래키곤 하는 철수 씨가 준비한 것이다. 그 웃음으로 대흉작의 속상함은 말끔히 씻겨나갔을까? 내년엔 올해의 '폭망' 분까지 보상하고도 남는 대풍을 기원하며.

잔치를 끝낸 사람들은 저마다 다시 일상을 꾸려내야 한다. 생계형 쌀 전업농인 나는 산더미처럼 쌓인 저 쌀을 팔아치워야 한다. 그동안 해 오던 대로 직거래망을 통해 주문을 받기 시작했다. 문제는 공급 가격. 대흉작으로 산지 쌀값이 치솟았다. 현물 기준인 농지 임대료도 그에 비례해 폭등했다. 그게 생산비에 고스란히 반영되니 공급가 인상을 피할 수가 없는데…. 고심 끝에 동결하기로 했다. 코로나19로 너나없이 어려운 시절을 지나고 있으니 고통을 함께 나누자는 생각이었다. 집밥 한 끼라도 좋은 쌀로 맘 편히 지어 먹을 수 있도록 말이다.

어쨌거나 햅쌀밥 잔치가 끝난 뒤로 벼두레 활동은 그야말로 '올스톱'이었다. 송년모임부터 해서 줄줄이. 단톡방에는 연말에 올린 '공지사항'이 몇 달째 그대로 걸려 있다.

코로나19 확산세를 감안해 벼농사두레 정례 행사를 유보한다는 안타까운 말씀을 전합니다. 새해 초반에 열리던 회원 엠티(연찬회)도 어렵게 되었음을 알려드립니다. 나아가 연초에 해마다 열리던 〈농한기 강좌〉 역시 특별한 사태 반전이 없는 한 열기 힘들 것으로 보입니다. 아쉽지만 시절이 이리 어수선하니 어쩌겠습니까. 깊이 헤아려주시기를 바랍니다.

역시나 '사태 반전'은 없었다. 이 공지사항은 4월 초 그나마 날이 풀려 실외에서 정기총회가 열릴 때까지 바뀌지 않았다.

가을장마, 기후위기의 다른 이름

세월은 흘러 다시 2021년 가을걷이 철. 입이

방정이었나. 여름철 비가 적당히 내려줘 논풀도 거의 올라오지 않았고 작황도 괜찮은 편이어서 '올해는 날씨가 도와준 덕에 농사가 순조로운 편'이라 입방아를 찧었더랬다. 태풍도 '오마이스' 딱 하나 지나갔고 그나마 순한 편이라 다행이다 싶었다. 하지만 이게 웬일? 그 뒤로도 비가 그치지 않았다. 햇빛 구경하기가 하늘의 별 따기인 날이 보름 넘게 이어졌다. 가을장마, 결국 사달이 났다.

논배미에는 여기저기 허옇게 말라비틀어진 벼이삭이 뻣뻣하다. 두 달 넘는 장마 끝에 초유의 흉작을 낳은 지난해 '백수현상'의 데자뷔. 그때는 잇단 태풍으로 벼이삭이 말라 죽더니 이번엔 가을장마다.

다습한 환경이 되면 병충해가 생기게 마련이고 걷잡을 수 없이 번지게 돼 있다. '목도열병'이었다. 모가지를 좀먹어 들어가면 이삭이 고스러질 수밖에 없다. 아무리 따져 봐도 이 상황을 벗어날 길은 없었다. 병충을 예방하거나 구제하려면 농약을 쳐야 하는데 망하면 망했지 그럴 수는 없는 노릇 아닌가. 설령 농약을 치더라도 빗물에 씻겨버릴 테니 아무 소용이 없는 형국이었다. 어찌해 볼 도리가 없었던 셈이다.

'농사는 결국 하늘에 달렸다'는 게 그저 옛말이 아님을 절감한다. 하여 순조롭기만 한 날씨에 취해 하늘을 노하게 한 일은 없었는지 스스로를 돌아본다. 태풍 오마이스가 순하게 지나간 직후만 해도 "벼이삭은 거의 다 올라왔고 비바람의 피해도 없어 보인다, 다행이다" 하며 낮술판을 벌였더랬다. 그게 화근이었는지도 모른다. "술맛 떨어질 일은 없겠구나" 까불었던 이 손가락을 부러뜨리고 싶다.

하지만 달리 생각하면 그런 것 같지도 않다. 아무리 그래도 그렇지, 어떻게 이태를 내리 출수기에 딱 맞춰 집중호우를 내려보낼 수 있단 말인가. 이 정도면 덜 떨어진 농사꾼에게 벌을 내린 게 아니라 하늘이 아예 미쳐버린 건 아닐까.

그런 것 같다. 본시 가을비라는 게 이따금 찾아와서는 '우산 속에 이슬 맺히게 하는' 것 아니던. 그런데 보름이 넘도록 사정없이 내리치는 이 비에 '가을비'라는 낭만스런 이름은 전혀 어울리지 않는다. 미친 날씨요, 재앙이라 불러 마땅하다. 날씨가 미쳐버렸으니 어찌 농사를 종잡을 수 있겠는가. 이제 흉작은 피하기 어려울뿐더러 갈수록 상황이 나빠질 거란 얘기다.

미친 날씨는 다름 아닌 기후위기의 다른 이름이다. 그즈음 유엔 산하 범정부간협의체(IPCC)가 발표한 6차 기후변화평가보고서에 따르면 지구온난화를 돌이킬 수 없는 기온 1.5도 상승 시점이 10년 더 당겨졌다. 더불어 인류 멸종이 머지않았다는 몇몇 비관적 시나리오도 제기됐다.

워낙 끔찍한 상황이라 '설마 그럴 리가 있겠어?' 의문을 품거나 '무슨 수가 있을 거야' 막연한 희망에 기대는 듯하다. 아니 너무 끔찍한 일이라 더는 생각하고 싶지 않은 거겠지. 어쩌면 흉작 '따위'나 걱정하는 건 한가한 짓인지도 모르겠다. 아니지. 극한의 흉작이 덮쳐와 온난화로 타 죽기 전에 굶어 죽게 될지도 모르지.

그래도 햅쌀밥은
황홀해

어쨌거나 이태를 내리 반타작 농사를 짓고 보니 기가 팍 꺾여버렸다. 도랑치기도 도구치기도 알게 뭐냐 손을 놓았고, 뚝방길 수풀 쳐내기도 의욕이 나지 않아 마냥 미루고 있었다. 이번에도 황금들녘 풍년잔치는 포기하기로 했다. 황금들녘도, 풍년도 현실이 아니니 어쩔 도리가 있겠나. 대신 지난해처럼 서로를 위로하는 자리를 마련키로 했다. '풍상들녘 위로마당'이라 하면 더 힘이 빠질 테니 '힘내잔치'로 이름을 바꿨다. 반타작일망정 막상 거둬들이고 나면 기운을 차릴 수 있으려나.

　이후 진행 상황은 지난해와 판박이다. 수확량은 지난해와 비슷하다. 예상했던 바이지만 막상 현실로 마주하니 입이 쓰다. 그러거나 말거나 햅쌀을 기다리는 직거래 소비자들의 성화가 빗발쳐 급한 대로 건조가 끝난 나락을 찧었다. 방아를 찧었으니 다음 순서는 응당 햅쌀밥 잔치다. 이태 연속 최악의 흉작을 확인한 뒤끝이라 분위기가 뒤숭숭할 만도 했다. 하지만 어디까지나 잔치는 잔치다.

　명불허전, 황홀하기까지 한 햅쌀밥의 풍미에 다들 감탄을 연발한다. 매번 그래왔듯 다채로운 안줏감이 밥상 위에 오른 가운데 전을 부치고 어묵탕과 순두부찌개를 끓여낸다. 몇 순배 술에 흥취가 도저해진다. 음주에는 가무가 따르는 법.

　역시 추니오빠 희춘 씨가 기타를 잡았다. 분위기가 후끈 달아오르니 언젠가 파종작업 때 '모판춤'을 선보인 바 있는 대찬 씨가 나선다. 이제는 고정 레퍼토리가 된 〈바위처럼〉 율동을 펼치자 여기저기 몸을 일으켜 맞장구를 친다. 코로나 팬데믹에 짓눌렸던 세월에 화풀이라도 하는 듯 광란의 밤이 이어지고. 잠시 분위기가 누그러진 틈을 타 오랜만에 참석한 근철 씨가 느닷없이 신동엽 시인의 〈껍데기는 가라〉를 암송한다.

벼두레가 출범한 첫해 공부모임에서 홍어찜을 조리해 내던 바로 그 사람. 일손만 보태오다가 이번엔 영철, 화수 씨와 더불어 세 마지기 경작자로 합류했다. 시 낭송이 뜬금없기는 했어도 그 동영상이 단톡방에 올라가자 '멋지다'는 찬사와 엄지를 치켜세운 이모티콘이 줄을 잇는다.

아침이면 저마다 일터로 나가야 하는 탓에 잔치는 짧고 굵게 끝났다. 다들 아쉬운 눈빛으로 뒷정리를 한다. 당분간은 이처럼 흥청거릴 일이 더는 없을 것이었다. 때맞춰 찬비가 내리고 세찬 바람이 불어왔다. 뒷산 오솔길에는 낙엽이 수북이 쌓였다. 이제 어쩔 수 없는 겨울이다.

겨울은 뭐니 뭐니 해도 눈이다. 코로나19 백신 3차 접종을 마치고 사나흘 지난 어느 밤에 눈이 내렸다. 그게 아마 첫눈이었을 게다. 일이 있어 읍내카페에 들렀다가 따끈한 뱅쇼 한잔 마시고 돌아와 창밖을 내다보니 그새 소복이 쌓였다. 그런 밤은 누구라도 들뜨게 돼 있다. 벼두레 단톡방에도 가로등 불빛 아래 눈 쌓인 밤 풍경이 올라오고, 뜻 모를 감사 인사가 이어지더니 누군가 시 한 수를 띄운다.

가난한 내가
아름다운 나타샤를 사랑해서
오늘밤은 푹푹 눈이 나린다

나타샤를 사랑은 하고
눈은 푹푹 날리고
나는 혼자 쓸쓸히 앉어 소주를 마신다
소주를 마시며 생각한다
나타샤와 나는
눈이 푹푹 쌓이는 밤 흰 당나귀 타고
산골로 가자 출출이 우는 깊은 산골로 가 마가리에 살자

눈은 푹푹 나리고
나는 나타샤를 생각하고
나타샤가 아니 올 리 없다
언제 벌써 내 속에 고조곤히 와 이야기한다
산골로 가는 것은 세상한테 지는 것이 아니다
세상 같은 건 더러워 버리는 것이다

눈은 푹푹 나리고
아름다운 나타샤는 나를 사랑하고

어데서 흰 당나귀도 오늘밤이 좋아서 응앙응앙 울을 것이다*

봄이 오기 전 한겨울의 숨 고르기

해가 바뀌기 직전 삼거리미곡처리장에서 벼두레 회원들 방아 찧으면서 나온 싸라기로 만든 떡국 떡을 보내왔다. 집행부가 모여 1킬로그램씩 포장한 뒤 회원들에게 돌렸다. 50봉이니 꽤 되는 양이다. 읍내카페에 쌓아두고 가구당 1봉씩 선착순으로 찾아가도록 했더니 이틀 만에 동이 났다. 더러 인증샷을 올리면서 고마움을 나타내기도 한다. 이런 걸 '소확행'이라고 하는 걸까?

그것으로 끝이었다. 그해가 저물도록 벼두레는 고요했다. 코로나19는 몇 차례 유행국면을 넘나들다가 오미크론 변이에 따른 폭발적 확산 국면을 지나고 있었다. 이번에는 굳이 '정례 행사를 모두 유보한다'는 공지조차 띄우지 않았다. 송년모임도, 연초의 회원 엠티도, 농한기 강좌도 건너뛰는 게 너무도 당연했기 때문이다. 삼삼오오 모이는 몇 차례 벙개 모임이 그나마 휑한 공기를 누그러뜨리고 있었다. 설을 쇠고 한참 지난 어느 날 단톡방에 눈이 번쩍 뜨이는 벙개가 떴다.

내일모레 대보름에 즈음하여 고산에서 이명주-귀밝이술
한잔하실 분 선착순 모집!

증권사 다니다 퇴직하고 지금은 문화해설사로 활동하는 수찬 씨다. 생각할 것도 없이 '저요! 저요!' 이 모티콘을 올려놓고 나서 생각해보니 어느새 정월대보름인가 싶고, 빠르게 이어지는 연상 작용에 심사가 울적해진다. 이제 슬슬 몸을 풀면서 농사지을 준비에 나설 때가 되었다는 얘기고, 그러자면 대보름잔치 달집 활활 태우며 겨우내 웅크렸던 가슴을 활짝 펴야 하는 때였다. 그런데 올해도 그 잔치를 건너뛰어야만 하는 현실이 안타까운 것이다.

얼마 전부터 오미크론 변이가 급속히 번지고 있었다. 한편으론 그것이 코로나19 팬데믹 종식으로 가는 징후라는 분석도 있지만 확진자가 하루 수십만을 헤아리니 당국으로서도 방역체제를 늦추지 못한 채 고

심하는 상황이었다.

사실 대보름잔치가 문제가 아니다. 일상의 삶이 흐트러지고 언제 되살릴 수 있는지 기약할 수 없다는 게 뼈아픈 것이다. 그나마 그즈음에 새로 가입하는 회원들이 늘었다. '개점휴업' 상황에서 벌어진 일이라 반갑기 그지없다. 길고 긴 터널을 지나 이제 빛의 세계, 펄떡이는 나날이 다시 펼쳐지려는 징조인가 싶기도 하다. 그래도 정기총회가 열리는 4월 초, 그리고 다시 이어질 농사철까지 벼두레는 참을 수 없는 이 정적을 견뎌내야 하는 것이다.

사족 하나를 달자면 그나마 시골이니까 이 정도라도 버티는 것 아닌가 싶다. 도시 쪽 사정을 자세히 알지는 못하지만 각종 미디어를 통해 전해 들은 바로는 아예 일상이 멈춘 수준이다. 문을 닫는 기업이 속출하고 자영업자는 영업시간 제한으로 타격을 입어 소득은 그만두고 당장의 생계를 걱정하는 처지가 되었다. 그 와중에도 상류계층은 소득이 외려 늘었다지만 한계기업 노동자들은 줄줄이 일자리를 잃어야 했다. 여행사라는 여행사는 모조리 영업을 멈추고, 영화관이나 공연장, 각종 문화공간의 개장도 제한을 받아 삶의 질이 바닥에 떨어진 것으로 들었다.

거기에 견주면 시골은 그래도 양반인 셈이다. 팬데

믹으로 타격을 입었다는 벼두레 상황이 이를 보여준
다. '타격'이라기보다는 봄이 오기 전 한겨울의 '숨 고
르기' 정도라고 해야 할까.

15

다시 봄

우수 경칩 지나 정월대보름을 맞으면 농부들은 슬슬 몸을 푼다. 새해를 맞아 '설설' 삼가다가 보름달 기운이 뻗치고 날이 풀릴 즈음 풍년과 건강을 비는 대보름 잔치로 농사철을 열어젖히는 것이다. 하지만 그건 밭농사 얘기일 뿐 벼농사는 아직 달포 훨씬 넘게 기다려야 한다.

그러니 3월로 접어들고도 나는 '동안거'를 풀지 않는다. 선가 수행승의 동안거는 지난 대보름에 이미 해제됐는데 말이다. 애당초 무슨 화두를 붙들었던 것도 아니고 '소요유'의 경지는 요원하지만 '수행'에 끝이란 있을 수 없기 때문이다. 하여 오늘도 활자와 더불어 씨름하는 거지.

그래도 3월이다. 면사무소에 들러 친환경직불금을 신청하고 나오는데 바람이 어찌나 부드러운지 저도 모르게 자동차 핸들이 꺾이는 곳이 있었으니 바로 그 절 화암사다.

절집으로 통하는 산비탈과 계곡 길. 복수초에 얼레지, 한바탕 눈부신 꽃 잔치가 벌어졌다. 겨울이 따뜻해선가 지난해보다 일찍 꽃망울을 터뜨렸다. 한 포기, 한 포기 그렇게 반듯할 수가 없다. 하늘의 별 무리처럼 흩뿌려진 노랗고 불그레한 꽃 무리. 어쩔 수 없는 봄이다.

뜻밖으로 절집 경내는 고요하기만 했다. 댕~댕~ 한 줄기 바람결에 울리는 풍경 소리만이 전부인, 승방 적묵당(寂默堂) 편액에 비친 절대 적요의 세계. 올라오는 길에 만난 봄과 대조를 이루고 있었다.

사실을 말하자면 동안거는 진즉에 끝났다. 들녘이 깨어나 잔뜩 물이 오른 지 오래고, 꽃으로 뒤덮여 저리 꿈틀대는데 수행이란 될 법한 얘기가 아니다. 근질근질해지는 심신을 가눌 길은 없다. 동안거는 이제 해제를 선언할 날짜를 잡는 일만 남았다. 아마도 볍씨를 담그는 날이 될 것이다. 벼농사가 '공식적으로' 시작되는 날이다. 이제 달포쯤 남았다.

어쨌거나 농사 연륜이 쌓이면서 농사철을 앞두고

일어나는 마음도 달라지게 마련이다. 처음 몇 해 동안은 어찌나 부담스럽고 긴장이 되던지. 그만큼 설레는 마음도 컸더랬다. 그러나 지금은 그런 일차 감정이 '무덤덤'으로 바뀌었다. 농사공정이야 그다지 바뀔 게 없으니 해오던 대로 하면 되고, 그때그때 달라지는 상황에 대처하면 그만이기 때문이다.

정작 신경이 쓰이는 일은 두레작업 쪽이다. 이맘때가 되면 줄곧 지켜보기만 하다가 도전 의지를 내비치는 벼두레 회원이 나타나게 마련이다. 벼농사를 지어보겠노라 새로 가입하는 경우도 있다. 반면 한 번의 경험에 만족하거나, 뜻밖의 사정으로 경작을 그만두는 경우도 생긴다. 그래서 이때는 상황을 조율하고 여건을 마련하는 게 중요해진다. 말하자면 이런 식이다.

[알림] 벼농사에 도전하실 분을 찾습니다.

한 달 반 뒤에는 볍씨를 담고 농사를 시작하게 됩니다. 작업공정이 95퍼센트 이상 기계화돼 있어 생각만큼 힘든 농사는 아닙니다. 한두 배미 규모라면 쉬엄쉬엄 할 수 있지요. 게다가 우리 벼농사두레는 그야말로 두레(협동) 작업을 하므로 더 쉽고 재미도 있습니다. 잘 익은 나락을 거둬들이는 보람에, 손수 지은 쌀로 밥이며 떡을 해 먹는 재미도 쏠쏠하지요.

처음이라 낯설 수도 있고 두렵기도 할 겁니다. 그래도 더불어 일손을 나누고 함께 헤쳐 나가면 그리 어려울 게 없지요. 뜻이 있으시다면 씩씩하게 도전해 보세요. 매입이든 임대든 논배미만 구하시면 됩니다. 나머지(볍씨, 모농사, 농기계 등)는 벼농사두레를 통해 해결할 수 있습니다. 논을 구하기 어려운 경우라도 두레와 함께 방법을 찾을 수 있습니다. 많은 분의 도전을 기대합니다.

〈고산권 벼농사두레 신규 경작 설명회〉
✻ 언제: 3월 20일 오후 7시 30분
✻ 어디서: 네발요정 카페
✻ 내용: 유기농 벼농사 경작 환경과 공정 /
  두레(협동) 작업 계획 / 농지 확보 방안 등

회의는 짧게,
나눔은 길게

그렇게 해서 경작설명회가 열렸다. 얼마 전 새로 가입한 회원이 열 명에 가까워 새내기 환영모임을 겸했다. 대부분 귀농(촌)한 지 얼마 안 되는 이들이

217

다. 코로나 국면을 지나느라 햅쌀밥 잔치 이후 새해 엠티와 농한기 강좌를 건너뛰어 무려 넉 달 만에 한자리에 모인 셈이다.

그래서일까. 굳이 설명을 듣지 않아도 될 기존 경작자와 일반회원까지 서른 명 훌쩍 넘는 이들이 카페홀을 가득 메우는 열기를 뿜어냈다. 자기소개 시간이 길게 이어지고 웃음이 끊이지 않는다. 여기에다 그 며칠 전 단톡방에서 진행된 퀴즈(오리는 몇 마리?) 정답을 맞힌 이들에게 상품으로 쌀 한 봉지를 전달하는 시상식까지.

본행사인 경작 안내는 빔 프로젝트를 이용해 영상자료(PPT)와 함께 이루어졌다. 새내기들이야 눈을 번쩍이는 게 당연하고, 기왕의 경작자들도 자신이 등장하는 영상자료를 흐뭇하게 바라보게 돼 있다. 질의-응답을 끝으로 설명회가 마무리되면서 진짜 메인 프로그램인 뒤풀이가 시작된다. 막걸리와 캔맥주로 목을 축이며 삼삼오오 얘기꽃을 피운다. 그 사이에 야호 총무가 어떻게 구워삶았는지 예정에 없던 일반회원 두 명을 경작자로 영입했다. 새내기 회원 여섯 명도 경작 대열에 합류했다.

이렇게 하여 올해 벼농사 진용이 갖추어졌으니 이제 세부계획을 짜는 벼두레 정기총회를 열어야 한다.

해마다 으레 진행하는, 지난 한 해를 결산하고 다가올 한 해를 구상하는 자리다. 농사철을 코앞에 두고 열려 농사가 다시 시작됨을 알리고 다 함께 기지개를 켜는 일종의 통과의례인 셈이다. 이 점에서 정해진 사무적 절차보다는 일체감을 확인하고 두레의 가치를 함께 나누는 게 무엇보다 중요하다. 그러니 회의는 짧게, 나눔은 길게.

지난해 정기총회는 확산세를 보이던 코로나19 상황을 감안해 지역경제순환센터 잔디마당에서 진행했다. 새해 들어 전체가 모이는 첫 자리인 만큼 회의 전에 점심을 나누기로 했다. 이번에도 막동이표 막걸리가 곁들여졌다. 단체 줄넘기 경기를 통해 겨우내 움츠러들었던 몸과 마음을 풀기도 했다. 회의에서는 벼두레 회원이 늘어나고 활동 폭이 커진 점을 감안해 임원진 가운데 이사를 2명에서 5명으로 늘리는 회칙개정안이 통과됐다.

올해 정기총회는 코로나19 오미크론 변이가 확산되는 통에 지난해에 이어 '봄소풍'을 겸해 열렸다. 간드러진 복사꽃과 산뜻한 배꽃이 어우러져 피어난 화창한 봄날, 파릇파릇 새싹이 돋아나는 잔디 마당이 북적거렸다.

이번에도 벼두레 회원인 '추니오빠' 오누이 밴드가

미니 콘서트로 분위기를 이끌었다. 준비된 서너 곡에 앙코르 한 곡으로 꾸며졌지만 가쁜 봄기운을 추어올리기에 모자람이 없었다. 이어 점심시간. 집행부가 준비한 김밥과 치킨, 피자 말고도 누구는 어묵탕을 끓여 왔고, 누구는 과일을 들고 왔으며, 누구는 두릅나물을 데쳐 왔다. 맥주와 함께 두레 산하 동아리 막둥이가 빚어 온 막걸리가 몇 순배 도는 사이 '동네방네 퀴즈 쇼'가 펼쳐졌다. 두레 이사 고니 씨가 '출제'한 40문항이 하나둘 풀려 나왔다. 물론 정답을 맞힌 이에게는 상품이 주어진다. 상품이란 쌀, 사골곰탕, 음료 상품권, 책자 등 회원들이 협찬한 것이다. 참석자 모두에게 하나 이상 안겨준다.

두어 시간 흥겨운 프로그램이 끝나갈 즈음이면 사람들은 웬만큼 거나해져 있게 마련이다. 그런 상태로 총회가 개회된다. 이쯤 되면 무엇이 사전행사고, 무엇이 본행사인지 당최 헷갈린다. 한 시간도 안 돼 회의는 일사천리로 끝을 맺는다. 새로 뽑힌 임원진의 소감과 다짐 발표가 그나마 총회의 무게를 보여준다. 회의 절차로 보자면 폐회선언과 함께 뒤풀이가 이어져야 할 테지만, 그게 무슨 상관이랴. 우리에게는 처음부터 끝까지 그저 '봄소풍'일 뿐이다. 꽃에 취하고, 분위기에 취하고, 사람에 취해 흐드러지게 아름다운 봄날을 만끽하는 것이다.

이렇게 해서 벼두레가 다시 힘차게 나래를 펼 진용과 준비가 갖춰졌다. 이제 늘 그래왔듯 모두가 더불어 즐겁게 농사를 지으면서 온갖 핑계로 잔치판을 벌이며 행복한 시골살이를 누릴 일만 남았다.

공동체가 위기에
직면했을 때 헤쳐나가는 법

한편 벼두레가 코로나19 팬데믹이라는 어려운 여건 속에서도 이렇듯 활기차게 움직이고 있지만 늘 순조로웠던 것만은 아니다. 여느 조직이나 그렇듯이 벼두레 또한 크고 작은 갈등과 위기를 겪어 왔다. 그 가운데서도 결정적 위기를 맞은 적이 있었다. 그게 2017년 여름, 그러니까 회칙도, 의사결정 체계도, 집행부도, 재정 체계도 갖추지 못하고 심지어 이름조차 '벼농사모임'이라는 보통명사로 통용되던 시절의 일이다.

그해도 7월 들어 양력 백중놀이를 준비하게 되었다. 노는 것도 궁리가 필요하다. 그런데 지난 2년 동안 엇비슷한 프로그램이 거듭되다 보니 뭔가 참신한 발상이 필요했다. 하여 이번에는 모임의 '젊은 피'들이 잔치판 기획을 맡게 됐다. 문제는 과거의 경험을 전수하고 필요한 뒷받침을 해야 하는데 모든 걸 떠넘겨 버린 게 화근이 되었다. 그날따라 찜통더위가 맹위를 떨친 점도 있지만 공들여 준비한 잔치에 참가자가 열두엇에 그치고 말았다. 흥이 날 리 만무하니 묵묵히 저녁을 들고 의례적 담소를 나눈 뒤 서둘러 자리를 파할 수밖에 없었다.

적어도 50명 넘게 북적이던 양력 백중놀이를 이렇듯 볼품없이 치르고 나니 맥이 탁 풀려 버렸다. 더욱이 의욕적으로 준비했던 일을 호되게 그르치고 나니 다시 일을 벌일 엄두가 나지 않는다고나 할까. 문제는 단 한 번일지라도 회원들의 열정이 수그러들었을 때다. '무정형'의 조직이니 그 위기국면을 수습할 책임을 진 사람은 아무도 없다. 나아가 그것이 만약 일시적이거나 사소한 문제가 아니라 구조적 원인에서 비롯된 것이라면 관성대로 꾸역꾸역 진도를 나가서는 안 될 말이었다.

농사일이야 해오던 대로 서로 돕고 함께 품을 나눴지만 그 밖에 삶에 윤기를 더하는 일은 그렇지 못했다. 가을걷이 기쁨을 나누는 풍년잔치도, 신년 회원 엠티도, 농한기 강좌도 줄줄이 건너뛰었다. 반년 넘게 사업이 올스톱 된 것이다. 사실 이게 다 내 탓이었다. 경작 면적이 개중 도드라지게 넓어 '대농' 소리를 듣는 내가 맥이 풀렸던 거고 제구실을 팽개쳤던 거다. 그 꼬인 심사를 풀어놔봤자 소갈머리 없는 놈이 되고 말 테니 그냥 넘어가기로 하자.

그저 매주 한 번 진행되는 풍물패 장구 강습만 명맥을 이어가는 형편이었다. 나아가 그 뒤풀이가 벼농사모임에 닥친 위기의식을 토로하고 진단하면서 진로를 모색하는 자리가 되었다. 나를 비롯해 풍물패의 '늙다리 3인방'인 석수, 고니 씨는 고심을 거듭했다. 특히 이 지역 공동체 관련 사업에 두루 관여하면서 젊은층에게 비빌 언덕으로 통하는 석수 씨는 실질적인 해결책을 찾는 데 힘을 쏟았다.

하여 차츰 기력을 되찾았다. 뜻을 모아 더불어 힘을 쓰면 까짓것 어려울 게 무엇이겠는가. 어쨌거나 농사철이 코앞이다. 농사를 작파하지 않을 거라면 품을 나눌 수밖에 없는 것이 포트모 유기농 벼농사다. 그래 농사철이 닥치면 어찌 되었든 돌아가긴 할 것이다. 그동안 많이 쉬었지 싶기도 하고. 모두가 그걸 안다. 그래서 이심전심 추스르기로 한 것이다.

'재가동'을 위한 예비모임을 거쳐 3월 24일 회원 전체회의가 열렸다. 예상을 웃도는 20여 명이 참석해 그동안 '무정형'으로 굴러온 모임의 체계를 제대로 세우기로 했다. 모임을 책임 있게 지속하려면 그 길밖에 없다는 데 뜻을 모은 것이다. '고산권 벼농사두레'라는 이름도 짓고, 경작하는 정회원과 경작하지 않는 준회원으로 나눠 출자금과 연회비에 차등을 두었으며, 임원진을 꾸려 사업집행과 책임소재를 분명히 하기로 한 게 핵심이다.

이제 창립총회를 통해 이를 확정 짓는 일만 남았다. 회칙 시안 마련을 비롯한 각종 창립총회 실무 준비는 완주군 농어업회의소 사무국장인 야호 씨가 맡았다. 자연스레 그는 창립총회에서 총무로 뽑혔다. 2018년 5월 5일 못자리 작업을 마친 뒤 창립총회가 열렸다.

지금 여기서 행복하기

어떤 이는 벼농사 '두레'라는 이름을 의아해할지도 모르겠다. 꽤 넓은 지역을 아우르고 있는데 어찌 두레인가. 두레란 전통 농경 공동체의 마을 단위 노동조직 또는 공동 노동 그 자체를 뜻하지 않던가. 그렇다. 공동체가 문제고 마을이 문제다. 전통 사회의 농경 공동체는 사라진 지 이미 오래다. 심지어 우리가 알고 있는 마을도 더는 존재하지 않는 게 현실이다. 익명 사회인 도시야 말할 것도 없고 내내 그 자리에 있던 시골 마을 또한 비슷한 처지다. 무엇보다 일과 삶의 공동 기반이 흐트러졌기 때문이다.

전통사회 농촌 마을 백성들의 삶이란 거개가 엇비슷했다. 부쳐 먹는 땅뙈기 넓이가 달랐을 뿐 논농사, 밭농사로 생계를 꾸리기는 매한가지였다. 그러니 모내기와 김매기, 가을걷이처럼 일시에 많은 품이 드는 작업을 두레 같은 공동 노동으로 해치우는 건 너무도 자

연스러웠다. 유난히 협동정신이 강한 유전자를 지녀서
가 아니라 서로의 이해가 맞아떨어졌기 때문이다.

그러나 산업사회로 접어들면서 이러한 농촌 풍경
은 확 바뀌었다. 농사 또한 상품경제의 논리를 따라
세분화, 전문화하기에 이르렀다. 여전히 논밭을 일구
는 '경종 농업' 종사자가 남아 있긴 하지만 누구는 축
산, 누구는 시설(비닐하우스) 채소, 누구는 과수, 누구는
특용 작물 하는 식으로 한 분야에만 매달리는 전업농
이 대세를 이루고 있다. 나아가 축산에서는 오직 한우
만, 돼지만, 닭이나 달걀만, 시설 채소에서는 딸기만,
상추만, 이런 식으로 전문화하고 있다. 내쳐 덧붙이자
면 이건 1차 산업이 아니라 2차 산업이다. 고기 제조
업, 과일 제조업, 야채 제조업 말이다.

게다가 산업과 교통이 발달하면서 시골 마을에도 2
차, 3차 산업 종사자가 꽤 생겨났다. 사정이 이러니 한
마을 주민이라고 해도 주거만 이웃이지 노동 과정과
생활 방식은 서로 딴판이 될 수밖에 없다. 당연히 일
과 삶에서 공동의 이해, 공동의 기반이 사라졌다.

'마을 만들기'는
불가능하다

오늘날 '마을'이 시대의 화두로, 지역활동가와 자치행정의 핵심 의제로 떠오른 것은 이러한 '마을 해체' 현실을 반증하기도 한다. 그래서 '마을 만들기'라고, 마을을 다시 만들자고 한다. 나아가 지자체마다 앞다퉈 마을 공동체 지원 센터를 개설해왔다. 가히 '마을주의'라 할 만하다. 마을을 되살려내려는 그 뜻이야 가상하지만 나로서는 이미 흘러가버린 마을이 다시 불려나와 참 고생한다는 느낌을 떨칠 수가 없다. 내가 보기에 지금의 농촌 경제 구조가 바뀌지 않는 한 마을 공동체는 이룰 수 없는 꿈이다.

여기서 얘기하는 마을이란 흔히 '말단 행정구역'으로 통하는 이장이 관할하는 지리적 공간을 말한다. 그 마을 주민들은 앞서 살펴본 대로 경제 활동 영역이 분야별, 작목별로 분화된 지 오래고, 이는 생활양식에까지 영향을 미친다. 이런 상태에서 같은 행정구역에 거주한다는 이유로 꼭 공동체를 이루어야 하나? 그저 '사이좋은 이웃'으로 지내면 그만 아닌가?

우리 벼농사두레가 마을에 집착하지 않는 것은 이 때문이다. 핵심은 유기농 벼농사라는 공동의 경제 활

227

동, 함께 추구하는 생태 가치다. 공동 노동(두레)이 가능한 권역이고, 지향하는 가치를 공유하고 소통할 수 있느냐가 문제다. 교통, 통신만 충분히 뒷받침된다면 마을, 리, 면 따위 행정구역은 문제가 아니다.

나는 마을주의자도 아닐뿐더러 마을을 만들 수 있다고 보지도 않는다. 마을은 그저 자연스레 존재하고 세상의 변화를 따라갈 뿐이다. 마을의 구성이 변했으니 덕목이나 규범도 마땅히 바뀌어야 하지 않겠나. 주민 사이의 갈등 요인을 없애고 화목하게 사는 것이 최선이지 싶다. 무리하게 일을 벌이다가 오히려 문제가 생기는 법이다.

우리가 지자체 보조금을 꺼리는 이유

공해산업이나 환경파괴같이 모두를 위협하는 문제라면 모를까, 경제생활에서 공동의 이해나 기반이 사라졌으니 마을 주민 스스로 함께 도모할 그 무엇이란 실상 거의 없다. 이러한 상황에서 잠자는 주민들의 의지를 일깨우는 것이 다름 아닌 지자체 보조금이다. 지자체로서는 마을주의라는 시대정신에 충실했노라는 '인증샷'을 확보하고, 주민들로서는 '공돈'이 굴러들어오니 마을 만들기 사업은 그야말로 누이 좋고 매부 좋은 윈윈게임이 된다.

그렇게 해서 생겨난 것이 정보화 마을, 에너지 자립 마을, 평화 생태 마을, 행복 마을, 희망 마을, 파워 빌리지에 마을 기업까지. 키워드는 다름 아닌 개발. 자율 개발이요, 종합 개발이란다. 사업의 형평성, 정당성을 확보하자니 '농촌 개발 공모사업'이 홍수를 이룬다. 적게는 몇천만 원에서 많게는 수십억 원에 이르는 보조금이 투입된다. 그러나 그 수많은 개발 사업 가운데 성공을 거둔 경우를 나는 거의 듣지 못했다. 대부분이 사업 실패에 따른 책임 공방, 주민 사이의 갈등, 공적 자금이 투입된 사업의 최종적 사유화 등으로 끝을 맺는다.

돈 버리고, 인심 버리고, 마을 사이에 형평성 시비가 끊이지 않는 이런 마을 만들기를 대체 뭐하러 하는가 말이다. 거기에 들이는 예산을 모든 농가에 골고루 나눠주는 게 백번 낫지 않은가.

벼농사두레는 회원들이 내는 회비로 돌아간다. 일반회원은 소액의 연회비를 내지만, 경작회원은 경작 면적에 정비례해 회비를 책정했다. 그것으로도 넉넉지 않으니 스스로 명분을 만들어서 특별 회비를 내는 이가 더러 있다. 그런 원칙을 정한 바는 없지만 아직은 외부, 특히 행정기관의 지원을 받은 적 없고 그것이 불문율이다. 나는 벼농사두레가 앞으로도 이런 자생력을 갖출 수 있기를 바란다.

돈 좀 더 벌어보자고 두레 조직 만든 게 아니니 망해봤자 그만이다. 어려움을 함께 나누고 함께 일하고 함께 어울리고 추구하는 가치에 함께 의기투합할 수 있다면 그것으로 족하지 않은가.

독일 사회학자 막스 베버는 《프로테스탄티즘의 윤리와 자본주의 정신》에서 금욕적 노동과 근검절약이라는 칼뱅의 개신교 윤리가 근대 자본주의를 낳은 원동력이라고 보았다. 다시 말해 강박적으로 일하고 아껴 모아 재투자함으로써 자본을 형성할 수 있었다는 주장이다. 그러면서 한 지방 농업노동자 사례를 들었다. 그러니까 전통 농경사회의 일꾼들은 '최대한 일하면 하루 얼마를 벌 수 있나'가 아니라 '지금 내게 필요한 걸 얻으려면 얼마나 일해야 하나'를 따졌다는 것이다. 베버는 이러한 현상을 '후진적인 것'이라고 보았다.

자본주의 작동원리에 비춰 보자면 합당한 평가라 할 수 있겠다. 쉽게 말해 '고생 끝에 낙이 온다'(苦盡甘來)는 얘기가 되겠는데 무척 낯익은 경구다. 하긴 그 훈화를 어릴 적부터 귀에 못이 박히도록 들어왔으니 그냥 진리인 거다. 그렇게 믿고 앞만 보고 달려오다가 시골에 내려와 때로 유유자적(悠悠自適), 산려소요(散慮逍遙)하다 보니 그게 아닐 수 있겠다는 생각이 들었다. 사람 또는 삶이라는 견지에서 본다면 얘기가 달라진다.

딴생각 않고 열심히 일하고, 벌어들인 돈은 아끼고 아껴 모은다. 그렇게 욕구 충족을 미루고 미루어 돈이 모이면 그때는 뭐할 건데? 재투자해서 돈을 더 벌고, 또 재투자하고…. 그렇게 무한 반복하다 보면 욕구는 언제 충족할 텐가? 아파트 평수 늘리고, 자가용 바꾸고, 명품 브랜드 사고 또 … 그러면 행복해질까?

돈(자본)이 주인 노릇을 하는 산업사회에서는 길들여진 소비수준과 사회적 위신, 욕망을 좇으려면 어쨌든 돈을 벌어야 하니까. 소외된 노동을 애써 견뎌내면서, 누리는 삶이나 행복한 삶은 자꾸만 미루게 된다. 일하는 것 자체가 스트레스다.

벼농사가 '가치 있는 삶'이 되는 별난 동네

인터넷 공간에는 출처가 제대로 알려지지 않

은 채 여러 가지 버전으로 퍼져 있는 이야기가 있
다.[*] 한 번쯤은 읽어 봤을지도 모르겠다. 휴양을 위
해 어느 바닷가를 찾은 한 미국인 사업가와 현지 어
부가 나누는 대화인데 한번 따라가 보자.

> 사업가: 이보시오, 낚시를 끝내기엔 너무 이른 시
> 간 아니오? 좀 더 해서 물고기를 많이 잡
> 아야 하지 않겠소?
>
> 어부: 이 정도면 내가 먹고살 만하고 친구들한테
> 나눠줄 수도 있는데 더 많이 잡아서 뭐하게
> 요?
>
> 사업가: 그래야 돈을 더 많이 벌지요.
>
> 어부: 돈을 더 많이 벌어서 뭐하게요?
>
> 사업가: 그래야 더 큰 배를 사서 물고기를
> 더 많이 잡을 수 있지요.
>
> 어부: 그래서요?

---

 * 이 얘기의 원작자는 독일의 노벨문학상 수상 작가인 하인리히 뵐(Heinrich
   Böll, 1917~1985)로 알려진다. 1963년 5월 1일, 노동절을 맞아 NDR(북부독
   일 라디오)에 나와 '일하는 시간을 줄이며 살자'는 주제로 한 얘기라 한다.
   《현명한 어부》라는 제목의 그림책으로도 출판됐다. 그 뒤 미국 작가 티모
   시 페리스(Timothy Ferriss, 1977~)가 베스트셀러가 된 《4시간》(2007)에서 '멕
   시코 어부' 이야기로 각색해 다뤘다.

사업가: 그래야 회사 만들고 사람들 고용해서
　　　　물고기를 더 더 많이 잡을 수 있지요.

어부: 그래서요?

사업가: 그렇게 번 돈으로 낚시질도 하고, 여가를
　　　　즐기면서 여유 있게 살 수 있지요.

어부: 내가 지금 여기서 그렇게 살고 있는뎁쇼?

　물론 벼두레 사람들이 지금 저 어부처럼 여유 있게 살고 있다고 확언하지는 못하겠다. 그래도 그런 삶을 추구하는 것만은 분명해 보인다. 다시 말해 내일의 유복함을 위해 오늘의 삶을 희생하는 대신 바로 지금, 여기에서의 행복을 찾는 그런 삶 말이다.

　어차피 한 번뿐인 삶이다. 되돌릴 수도 없는 것이고. 그러니 살아가는 모든 순간이 그 자체로 '자기실현'일 때 최선이겠지. 그걸 행복이라 부른다면 오늘의 행복을 내일로 미루는 것은 아둔한 짓이리라. 찬찬히 따져보라. 오늘의 금욕과 내일의 행복은 그 인과관계를 찾기가 쉽지 않을 것이다. 어떤 필요에 따라 그렇게 간주될 뿐이다. 현실을, 실체적 진실을 직시하는 건 결코 어려운 일이 아니다. 근거 없는 낙관 또는 확증편향에 빠져 스스로를 끝없는 희망고문으로 내몰아서야 되겠는가 이 말이다.

스스로 벌인 일이지만 알다가도 모를 때가 있다. 흔히 경제영역으로 간주되는 벼농사가 이 동네에서는 어느새 경제를 넘어 '가치 있는 삶'을 체현하는 문화로 자리 잡아가는 현상도 그 하나다. 그것은 약동하는 봄기운만큼이나 강렬하게 느껴진다.

나로서는 이 넘치는 기운이 벼농사두레 활동의 결실이라 믿고 싶다. '바깥의 힘'에 기대는 대신 스스로 부조하고 자급, 자치하는 것이 좋은 길임을 나는 예증하고 싶다. 그렇게 핀 꽃이 더 아름답지 않겠는가.

시골에서 행복하게 살고 싶은 이들에게

4년 전인가 5년 전인가. 이제는 기억조차 가물가물한 어느 해 사우출판사로부터 출간 제안을 받았다. 어떻게 하면 시골에서 행복하게 살 수 있는지 풀어내 달라고 했다. 그 제안에 제법 호기롭게 응했었다. 그때쯤엔 귀농한 지 5년이 넘어 시골 살림이 웬만큼 자리를 잡았고, 벼농사모임이 갓 태동하면서 시골살이의 묘미를 한창 맛보던 참이었다. 이래저래 세상을 향해 내지르고 싶은 얘기가 스멀대는 듯했다. 게다가 몇 해 전 책(《10대와 통하는 노동인권 이야기》, 철수와영희)을 낸 경험도 있어 그다지 어렵게 느껴지지도 않았다.

그러나 막상 구상에 들어가 보니 생각처럼 녹록지가 않았다. 아무리 머리를 쥐어짜도 콘셉트와 구성이 뚜렷이 떠오르지 않았다. 나아가 이제 시골살이 5년을 갓 넘긴 상태에서 주제넘은 짓이 아닌가 하는 무안함도 없지 않았다. 설상가상으로 글쓰기에 집중하기 어려운 개인적 사정까지 생기고 말았다.

4~5년 세월이 그렇게 무심하게 흘러갔다. 출판사에는 미안하기 짝이 없는 일이었다. 그사이 내 시골살이는 10년을 훌쩍 넘어 "이곳에 뼈를 묻으리라" 명토 박기에 이르렀다. 시골로 내려오면서 꿈꾸던 '생태적 삶'은 더욱 싱싱하고 풍성하게 펼쳐지고 있었다. 물론 그리되기까지는 벼농사두레의 힘이 결정적이었다.

눈 쌓인 뒷산을 오르던 어느 날, 먼지 앉은 소중한 편지 같은 출간 약속이 문득 떠올랐다. '행복한 시골살이'가 구태여 '공자님 말씀' 같아야 할 까닭이 없다는 깨달음과 함께였다. 가뜩이나 "귀농·귀촌에 성공하는 길은 첫째, 둘째, 셋째…" 이런 식의 정보가 차고 넘치는 상황에서 비슷한 걸 하나 더 보태는 게 무슨 의미가 있겠는가. 애써 꾸며 말하기보다는 그런 세계를 있는 그대로 펼쳐 보여주면 되는 일이었다.

우리에게는 벼농사두레가 있었다. 그사이 벼농사두레는 7년의 역사가 쌓이며 더욱 활기차고, 풍성하며, 단단해져 있었다. 그 모습을 제대로 그려내기만 하면 되는 일이었다.

전작 《10대와 통하는 노동인권 이야기》가 떠올랐다. 귀농하고 그 이듬해 여름에 원고를 썼더랬다. 벼농사를 처음 시작한 해였고, 우렁이만 풀어 넣으면 잡초를 알아서 뜯어먹는 줄 알고 물관리를 안 했더니 어느 순간 네 마지기 논배미가 '피바다'로 돌변해 있었다. 부랴부랴 김매기를 시작해 두 달 가까이 매달렸다. 본문에서도 얘기했듯 매일매일 '김매기 삼매경'에 빠져들었다. 그 삼매경 속에서 책 내용을 구상하고, 문장으로 풀어냈으며, 때로는 퇴고를 하기도 했다. 그것들을 머리속에 담아뒀다가 밤시간이 되면 옮겨 적기를 거듭했다. 그야말로 '주경야작'. 하여 김매기를 마칠 즈음엔 원고가 거의 완성돼 있었다.

《슬기로운 시골 생활》의 경우 한겨울 농한기였으니 그럴 일은 없었다. 설 명절이 끝날 즈음 첫 문장을 쓰고 보름 만에 초고를 마무리했다. 거의 '일필휘지'라 할 만하다. 그것이 가능했던 까닭은 이미 오래전부터 정기간행물 또는 인터넷 매체에 실어온 고정칼럼 덕분이었다. 단순한 '재편집'이 아니라 새로운 기조에 따라 새로 쓰는 과정이었는데, 예전의 기록은 당시의 기억이나 느낌을 생생하게 되살려주었다.

아울러 이 책은 벼두레 회원들이 함께 썼다고 해야 마땅하다. 몇 년 전의 기억을 불러오자면 당시의 기록을 떠들어 볼 수밖에 없다. 그 점에서 '기억의 재구성'을 넘어 그때의 현장을 그대로 '재현'할 수 있었던 건

'단톡방'이라고 하는 인터넷 문명의 이기 덕분이다. 그게 없었다면 아기자기한 수작들과 요절복통 웃음의 맥락을 지어내기 어려웠을 것이다. 벼두레 회원들은 그렇게 이 책의 공동저자가 된 셈이다. 이참에 '도반'들에게 진한 존경과 고마움을 전하고 싶다.

이렇듯 숱한 사연과 곡절을 거친 끝에 마침내 세상에 선보이는 이 책이 도시 생활을 접고 시골로 향하는 이들에게, 시골살이의 새로운 지평을 구하는 이들에게 하나의 실마리가 되었기를 바란다.

2022년 초여름에
차남호

슬기로운 시골 생활

초판 1쇄 발행 2022년 6월 20일

지은이   차남호
펴낸이   문채원

펴낸곳   도서출판 사우
출판등록 2014-000017호
전화   02-2642-6420
팩스   0504-156-6085
전자우편 sawoopub@gmail.com

ISBN 979-11-87332-77-0 (03810)